ÉCHEC À LA BARBARIE

DU MÊME AUTEUR

MÉMOIRES VOLÉES, avec Jean-Hervé Lorenzi, Ramsay, 1979.
ÉCONOMIQUEMENT INCORRECT, Grasset, 2005.
LES SABOTEURS, Plon, 2014.

ÉRIC LE BOUCHER

ÉCHEC À LA BARBARIE

BERNARD GRASSET
PARIS

ISBN 978-2-246-83029-0

INTRODUCTION

Vivons-nous la fin de la raison grecque ?

Le début du siècle a été rude. Terrorisme, crise financière, dérive des réseaux sociaux, triomphe du populisme avec l'élection de Trump, épidémie de la Covid-19, désastres climatiques... Une cascade de calamités s'est abattue sur le monde.

Chacun sent qu'on pourrait glisser sur une très mauvaise pente. Le XXIe siècle pourrait devenir un nouvel âge sombre avec la multiplication des menaces internationales et le délitement des sociétés nationales. L'attaque du Capitole par les partisans de Donald Trump nous a fait voir en direct un populisme saison 2, celui de l'irraison. Une chute dans le complotisme, l'obscurantisme, l'intolérance, la violence, le nihilisme et le « n'importe quoi ». L'assaut serait resté pitoyable s'il n'avait pas révélé les forces protéiformes, politiques, économiques, technologiques et intellectuelles, qui travaillent à fragiliser le terrain de la démocratie, de l'humanisme et de la Raison.

Cette régression qui arrive a des précédents. La première moitié du XXe siècle a été monstrueuse, comme beaucoup d'autres périodes avant elle. Ce qui est neuf cette fois-ci est la percussion d'un capitalisme qui atomise les individus avec un Internet hyperpuissant qui les unit de façon souvent malsaine. L'époque perd la prudence, la justice, la tempérance et le courage, les quatre vertus cardinales de la raison grecque selon Cicéron, piliers profonds de la civilisation occidentale depuis deux millénaires.

Ce livre veut affirmer une conviction optimiste. Le début de siècle a connu des bouleversements déchirants, il y en aura d'autres. Les tensions ne se relâcheront pas de sitôt. Le monde restera dangereux. Mais la chute dans le populisme saison 2 n'est pas irrémédiable. Les désarrois et les rages ont des causes. Les irraisons ont des raisons. Il s'agit de les nommer et de les traiter en profondeur, ce qui n'a pas été fait jusqu'ici. Le peuple n'est pas devenu fou, il est malheureux et, faute d'avoir été entendu, il est tombé dans la colère. C'est la société qui est devenue « folle » de rendre insatisfaits une majorité de ses membres.

Les transformations nécessaires pour répondre aux défis climatiques, internationaux, économiques et sociétaux, pour redonner un sens positif à l'avenir, sont importantes et elles sont difficiles. Chacun devra accepter des efforts et des changements. Mais les solutions existent. L'humanité a tout en main pour y parvenir : des percées scientifiques fulgurantes, un monde unifié par des communications révolutionnaires, un argent sans limite et un niveau général d'éducation des habitants de cette planète, toujours certes insuffisant, mais sans précédent.

Deux démonstrations d'optimisme nous ont été données par la crise Covid. Pour la première fois depuis son origine, l'humanité a choisi de sauver des vies, quitte à mettre les économies à l'arrêt. Mesure-t-on assez le progrès anthropologique que cela représente ? Et ce fut fait, dans tous les pays, non pas à cause du « lobby » des médecins, du profit des laboratoires pharmaceutiques, ou d'une victoire de l'État-nounou qui prendrait autoritairement de plus en plus en charge les individus du berceau au tombeau, ce fut fait parce que nous avons pu le faire. Les pays riches ont atteint un niveau de développement suffisant pour se le permettre. Reste à gérer la dette, bien entendu, mais le choix, qu'il faut voir comme prémonitoire du siècle à venir, a été la vie.

L'autre belle lumière éclairant cet avenir a été l'ARN messager. Le vaccin révolutionnaire trouvé en moins d'un an. Personne ne pouvait y croire, on pensait qu'il faudrait au moins trois ou quatre ans. Un an : l'intelligence humaine a atteint, grâce à sa maîtrise technologique, grâce à la répartition mondiale des données et des recherches, une puissance inouïe.

Il en sera de même pour le climat et pour tous les défis économiques et sociétaux qui nous attendent. On sait ce qu'il faut faire pour chacun d'eux, on en a les moyens.

Je n'évoque pas dans ce livre les autres sources internationales de peurs et d'irraison que sont le conflit montant entre les États-Unis et la Chine, la guerre cyber, le terrorisme, la pression migratoire. Mais, si on arrive à les contenir sinon à les résoudre, si la paix se maintient, le XXIe siècle pourra corriger les maux responsables des déraisons actuelles et il ouvrira, peu à peu, avec des avancées et des reculs, une ère inédite mariant la croissance économique avec un retour de l'éthique. Peut éclore ce à quoi aspire profondément la très grande majorité des peuples : de « bons » emplois, une morale partagée, une prospérité respectueuse de la Terre et un avenir ouvert pour les enfants, bref un retour à une « vie bonne », au sens d'Aristote[1].

Ce sera passionnant à faire, à vivre, les jeunes générations devront tout réinventer. Le siècle sera le leur.

Les élites, jusqu'ici sourdes, muettes, calfeutrées, doivent entendre la rage et engager des remises à plat du système économique et politique parce qu'il faut aujourd'hui le rebâtir pour le défendre contre les barbares. Les êtres raisonnables doivent se lever

---

1. Pierre Aubenque, *La Prudence chez Aristote*, PUF.

pour trouver des solutions raisonnables et éviter la chute dans un nouveau Moyen Âge.

Ce livre s'inscrit en faux contre le discours défaitiste qui se répand parmi l'élite en France : le pays serait irréformable, les Français affolés et butés s'opposeraient à tout, l'Europe, qui aurait pu nous sauver, ne le fera pas. Le retrait des États-Unis d'Afghanistan montrerait que la démocratie libérale n'a plus de force, la Chine autoritaire gagnerait. Fermons donc les écoutilles, profitons du dernier concert sur le *Titanic*.

Si l'élite ne croit plus en l'avenir, qui y croira ? Le XXIe siècle peut être, au contraire, celui de la transformation réussie du capitalisme et de la démocratie. Le modèle européen rénové et affirmé serait envié par les Chinois comme par les Africains. Les peuples veulent un retour d'humanisme, nous savons comment le leur donner. Raisonnables, levez-vous !

La politique à suivre est celle de « la modération radicale », qui semble un oxymore, mais n'en est pas un : la ligne de la raison, le mouvement rapide et le courage calme.

AVERTISSEMENT

Le lecteur trouvera des [ATTENTION] dans le texte qui viennent modérer le propos, voire le contredire. L'idée est de suivre Edgar Morin dans son *Introduction à la pensée complexe* : les situations ne sont jamais simples. L'idée est aussi de me surveiller moi-même pour retenir la plume et la tremper trois fois dans l'encrier. Une pédagogie.

PREMIÈRE PARTIE

La déconstruction

CHAPITRE PREMIER

La barbarie qui vient

> « Tout, l'honnête, le vrai, la raison, les études,
> Fait place au sombre cœur des lâches multitudes »
>
> Victor HUGO, *La Légende des siècles*

Vous connaissez Jake Angeli ? Souvenez-vous de l'assaut du Capitole de Washington, le 6 janvier 2021 : l'homme torse nu, coiffé de cornes de bison, le visage peint en bleu blanc rouge, armé d'une lance dans une main et de la bannière étoilée dans l'autre, c'est lui. Didier Raoult, lui, vous ne le connaissez que trop. Le professeur de Marseille qui a vanté l'hydroxychloroquine comme le remède miracle contre le coronavirus. Puis qui a multiplié les déclarations farfelues en se démarquant systématiquement de ses confrères jusqu'à flirter, à l'été 2021, avec les antivaccins.

La saison 1 du populisme s'est achevée. Elle avait fait surgir Viktor Orban en Hongrie, le Brexit, Jair Bolsonaro au Brésil et, au-dessus de tous, Donald

Trump. L'échec en novembre 2020 de ce héros parfait à se faire réélire ouvre le populisme saison 2. La défiance générale, le sauve-qui-peut, le moi d'abord en sont les caractéristiques. Lorsque la société s'émiette, les repères s'écroulent, des communautés surgissent, se replient sur elles-mêmes, la violence revient. La société ne croit plus à rien, elle se laisse attirer par le magique et l'irréel, nous entrons dans un nouveau Moyen Âge. Angeli, Raoult, le complotiste et le sorcier, deux figures du danger d'irraison.

[ATTENTION] La société ne croit plus à rien ? Vous allez un peu vite. Des dingos, des zozos, des rigolos, il y en a eu à toutes les époques. La Raison n'est pas si fragilisée que cela. Tranquillisez-vous.

Ma conviction est que si. Derrière la minorité visible des zozos, une majorité est prête à les rejoindre, venue de tous côtés, parce que l'irraison est mue par de puissantes forces économiques, politiques, technologiques qui travaillent à en grossir les rangs. Le populisme saison 1, celui de Donald Trump, s'est terminé sur son échec. Il n'a pas sauvé l'Amérique, il a attisé les haines intérieures et, en fin de compte, il a permis à la Chine de se renforcer. Mais ses électeurs sont encore là parce que les causes sont encore là, entières. La société reste cassée et le repli la règle. « Ce que l'humanité sait faire de meilleur est perverti par ce qu'elle sait faire de pire », résume Amin Maalouf[1]. L'irraison grandit et pourrait tout dévaster.

L'assaut sur le Capitole le 6 janvier 2021 a montré une horde d'électeurs de Donald Trump, chauffés à blanc par ses déclarations, qui se battaient « pour défendre la vraie Amérique » contre « les mensonges et les trucages » des Démocrates. L'élection présidentielle américaine leur a été « volée », ils sont venus « sauver l'Amérique ». Réfutant toutes les vérifications des bureaux de vote, toutes les certifications des commissions et dénonçant le vice-président Mike Pence qui s'était rangé à la victoire de Joe Biden, ils se sont déchaînés contre les grilles du Congrès puis l'ont envahi, sous le regard ahuri de millions de téléspectateurs du monde entier.

La France avait vécu le même épisode de violence avec les manifestations de « gilets jaunes » en 2018. L'Arc de Triomphe saccagé présageait le Capitole assiégé.

La démocratie américaine n'a finalement pas tremblé, les policiers ont reçu des renforts et ils ont chassé cette foule au bout de quelques heures. Mais la figure de Jake Angeli restera dans l'histoire des États-Unis comme la frayeur du Capitole, un plongeon dans la « folie ». L'inimaginable a eu lieu dans le pays de George Washington, le plus riche du

1. Amin Maalouf, *Le Naufrage des civilisations*, Grasset, 2019.

monde, le plus puissant, le plus en pointe en matière d'innovations. L'Amérique a certes une tradition de violence mais jamais personne n'eût imaginé les prodromes d'un coup d'État. Il y a eu bien sûr les tweets d'encouragement de Trump qui les a incités à passer à l'action. Il y a eu l'appui de tout le parti républicain, ou presque, pour les exciter. Le terrain de la démocratie, de la vérité et de la raison est-il si peu solide ?

Ce qu'il faut absolument comprendre est que les assaillants étaient de bonne foi. Ce sont des agités, des militants post-fascistes, des extrémistes évangélistes, des adhérents de la secte complotiste QAnon mais ils pensaient que Trump avait gagné et ils le pensent toujours. Tous sont persuadés au fond d'eux que « le système », autre nom pour « les élites », truque la démocratie américaine. Ils refusent les décomptages, les faits et la « vérité » de la victoire de Joe Biden, parce qu'ils ont en tête « une autre vérité », une vérité plus grande, celle de la mainmise sur l'Amérique d'une élite prête à tout.

Cette « autre vérité » est dure comme l'acier. Elle s'est construite sur l'expérience de leur existence difficile, sur leur perte d'espoir, sur les peurs du futur et sur le dédain, permanent, quotidiennement ressenti, de cette élite qui les considère comme des culs-terreux, des crétins, des incultes, des ratés.

En un mot « des fous ». Leur « autre vérité » s'est consolidée par leur rage de voir que Trump, celui en qui ils s'étaient mis à croire, leur dernière lumière, venait d'être renvoyé, battu. Forcément à la déloyale, pensent 36 % des Américains (sondage du 3-7 septembre 2021). Ils sont 74 millions à avoir voté pour leur sauveur et « ils sont la vraie Amérique », celle du Midwest, celle des bisons. Cette « autre vérité » est ensuite nourrie par des complots toujours plus « fous » mais auxquels ils s'accrochent de plus en plus fermement par un mécanisme d'auto-durcissement des convictions. Si les « chiffres » me donnent tort, c'est que l'élite manipule les chiffres et que j'étais naïf : l'élite est bien plus forte encore que je ne le pensais, elle tient encore plus serré dans ses mains l'appareil électoral.

Une minorité de zozos, croyez-vous ? Des mois plus tard, une majorité des élus républicains ne voulait toujours pas reconnaître la victoire de Biden. Le parti, alimenté depuis Mar-a-Lago par Donald Trump, continuait de dire que la vraie Amérique avait gagné, que la démocratie n'avait pas été respectée et que les assaillants du Capitole étaient de « vrais patriotes ». Le parti républicain, fondé en 1854, le parti d'Abraham Lincoln, est-il devenu « fou » ? Jake Angeli est le porteur du drapeau étoilé au sommet d'un immense iceberg d'irraison.

Deuxième figure du populisme saison 2, lui aussi doté d'une « gueule » : Didier Raoult. Lui aussi est au sommet d'un iceberg, l'anti-science. Lui aussi est l'objet de la « vindicte » de l'élite.

Il est marseillais, il est un « petit », un Robin des Bois qui « sauve » les malades (comme pour Trump, le même verbe « sauver »). Raoult s'est mis l'Académie de médecine à dos pour s'être réclamé d'une « science post-moderne », en rupture avec les approches statistiques dominantes dans les sciences biomédicales (les tests en double aveugle). Puis le professeur n'a eu cesse de se singulariser : la Covid-19 ne fait pas plus de morts que les accidents de trottinette, on devrait essayer la pommade Vicks Vaporub, la vaccination « n'est pas une baguette magique ». Les antivaccins avaient trouvé en lui leur héros. L'iconoclaste enfin ! Celui qui dit « la vraie vérité », qui dénonce la médecine officielle, les « gros », les décideurs, l'élite académique qui change d'avis et se trompe tout le temps. Le mouvement des anti-passe sanitaire a fait de Didier Raoult son sauveur avant de l'abandonner ensuite, après des déclarations ambiguës.

Les anti-passe ont réussi à mobiliser, tous les samedis de l'été puis de l'automne 2021, 150 000 à 200 000 personnes. Un mouvement sans chef, sans représentant, « horizontal ». Les manifestations ressemblaient à celles des gilets jaunes, dont beaucoup les ont d'ailleurs rejointes. Des jeunes urbains, des soignants, des défenseurs des thérapies alternatives, des complotistes, les origines sont variées. Les sociologues ont montré que la fracture vaccinale entre pro et anti recoupe la fracture éducative (les CSP+ sont seulement 8 % antivaccins contre le double dans les catégories sans diplôme). L'adhésion au populisme saison 2 est inversement corrélée au niveau scolaire.

Mais il faut comprendre que le déterminant des manifestants antivaccins en France est le même que les pro-Trump : ils sont de bonne foi. Refus de la piqûre « au nom de la liberté », au nom d'une détestation d'Emmanuel Macron, au nom de l'incertitude des effets secondaires, de la phobie des vaccins en général, de la conviction qu'il s'agit d'une « fausse » maladie ou bien encore d'une vaste manigance par de fantasques « conjurateurs », les antivaccins sont de toutes les couleurs. Irraisonnables du point de vue sanitaire comme du point de vue de leur conception de la liberté, ils ont une même conviction : tous sont sûrs de la justesse de leur cause.

Leur cri est primal : la vie qu'on leur impose, la vie qu'on leur prépare, n'est pas faite pour eux. Ils sont les perdants et, ils le sentent, l'avenir sera pire. Ils perdent leur dignité. Non-diplômés, dépassés dans l'existence à commencer par leurs enfants, perdus dans la complexité administrative et celle d'Internet, ils veulent se replier sur eux-mêmes, dans leur tanière, « libres », et qu'on leur fiche la paix.

« On a perdu, alors laissez-nous au moins vivre dans notre coin comme on l'entend. Le peu qu'il nous reste, laissez-le-nous. » Le populisme d'aujourd'hui est un défaitisme.

La France, comme les États-Unis, a tenu le coup. La très grande majorité des Français a été très hésitante au début à se faire vacciner, mais elle s'est rangée. La pression sociale l'a emporté. Mais qu'on ne s'y trompe pas. Les électeurs de Trump restent mobilisés, les antivaccins restent décidés. Les mécontentements demeurent, la rage n'est que remisée. Comme aux États-Unis, où presque la moitié des électeurs ont voté pour Trump, le terrain de la Raison et de la démocratie est tout autant ravagé en France. Un électeur sur deux a voté pour un parti populiste au premier tour de la présidentielle de 2017. En Europe, un tiers des élus au Parlement de Strasbourg en 2019 appartiennent aux partis considérés comme populistes.

La minorité visible de Jake Angeli ou de Didier Raoult s'appuie sur une majorité de gens « insatisfaits de leur vie » qui sont tentés tantôt par le repli sur soi, tantôt par la violence sous une forme ou sous une autre, en fait par les deux.

[ATTENTION] N'exagérons pas. Beaucoup de gens sont en réalité satisfaits de leur vie *personnelle*.

Ils se plaignent en revanche de « leur pays », qui leur semble avoir perdu le nord. D'où une étrange schizophrénie. D'où le danger, le terrain favorable à toutes les glissades.

Il n'y a pas que les non-diplômés qui tombent dans l'irraison. Les herbes folles poussent aussi dans les beaux jardins. Des jeunes qui, la cervelle viciée par les jeux vidéo, « défoncent » un(e) rival(e) à la sortie de l'école. Un argent si abondant et peu cher que la spéculation sur les marchés financiers a pris des formes « folles », comme sur le bitcoin, et des proportions « encore plus folles ». Une technologie si puissante qu'elle s'aventure sans frein dans des transformations de l'homme, ses gènes et sa cervelle. Des médias si perdus qu'ils vivent en grossissant « en continu » des fausses polémiques. Des candidats politiques qu'une concurrence dans la démagogie pousse vers des programmes relevant de la magie. La liste des « folies » s'allonge tous les jours autour de nous.

L'irraison, pour synthétiser, a trois origines : la fuite dans l'irréel (le complotisme), l'absolutisme idéologique (on va y revenir dans le chapitre suivant) et le business, puisque l'irraison est devenue une bonne source de profits (on le verra dans le chapitre sur le capitalisme).

Les forces maléfiques de l'irraison sont nombreuses et puissantes. J'en compte huit. Les cavaliers de l'Apocalypse ne sont pas quatre mais le double, huit.

CHAPITRE 2

Les huit cavaliers de l'Apocalypse

Premier cavalier : les laissés-pour-compte du capitalisme

Le populisme saison 1 a fait son terreau des difficultés de la classe moyenne dans les pays développés : les pertes d'emplois qualifiés dues à la désindustrialisation et la stagnation des salaires ont donné naissance à une crainte généralisée de « déclassement ». À cette cause première, sociale, s'ajoute celle, connexe, de la peur de l'immigration, laquelle a été nettement renforcée par les attentats terroristes islamistes. Au tournant du millénaire, s'est créé un amalgame d'une « fin » conjointe du modèle social et du modèle culturel, bref de la civilisation européenne en Europe et américaine en Amérique. Pour les électeurs populistes, l'élite, enfermée dans sa bulle, ne le voit pas ou pis, elle en profite. Pour sortir de ce déclin, il faut un sursaut et de nouveaux leaders politiques. Eux sauront « reprendre le contrôle » et rétablir la civilisation.

Deuxième cavalier : l'individualisme

Alexis de Tocqueville, auteur de *De la démocratie en Amérique* (1835), craignait que le libéralisme et la démocratie ne conduisent à un individualisme excessif où serait perdue de vue la société dans son ensemble. La démocratie libérale se sabordera et disparaîtra quand elle aura tant réussi que « l'individu (sera) ramené sans cesse vers lui seul ». Intuition prémonitoire ! On a la forte impression d'être arrivé à cette dissolution.

Le philosophe Marcel Gauchet le décrit puissamment : « Nous aurons assisté, au cours de ces quarante dernières années, à la naissance de la société des individus. Non pas simplement une société caractérisée par le comportement individualiste de ses membres mais une société qui se définit en théorie et en pratique comme composée d'individus. » Il s'agit d'« un événement civilisationnel » : la société (celle de Rousseau) qui « assignait à chacun sa place et son destin (…), où chacun avait une conscience aiguë de ses obligations envers le groupe », est devenue la société où « l'individu est premier en droit » et la société « œuvre pour qu'il en soit ainsi ». Chacun « est déchargé de l'obligation de produire et d'entretenir le lien de société ». Cette inversion d'ordre individu/société remet tout en cause : la démocratie dépassée par « l'exclusisme des droits individuels » ; la famille qui n'est plus « la cellule de base de l'organisme social » mais « devient privée » ; le genre, « je suis autre chose que ce que le hasard de la sexuation a fait de moi » ; la raison « poussée de côté par l'affect » et la vérité « puisque des thèses fantasmagoriques qui correspondent à mon expérience vécue (...) pourraient être vraies »[1].

L'individu sans plus rien à quoi s'accrocher se réfugie sur lui-même et dans son clan. Là est la source de deux caractéristiques fortes du temps barbare : le narcissisme et le tribalisme. L'individu-roi, reprend Jérôme Fourquet, accorde une place « de plus en plus importante à l'hédonisme, à la consommation et aux loisirs[2] ». Il « tombe en panne, dans une sorte de mollesse existentielle et d'apathie de masse ». Il devient sensible aux magies, au yoga, aux para-sciences.

La voyance séduit aujourd'hui trois Français sur dix, contre un Français sur six il y a quarante ans. Selon une enquête Ifop pour *Femme actuelle* du 30 novembre 2020, une majorité des Français déclarent croire à au moins une discipline de

1. Revue *Le Débat*, mai-août 2020.
2. Jérôme Fourquet, *Le Figaro*, 7 juillet 2021.

para-science : l'astrologie, les lignes de la main, la sorcellerie, la voyance, la numérologie ou la cartomancie. Et le plus étonnant, nous apprend Louise Jussian dans une étude de l'institut Jean-Jaurès, est que les jeunes ont une attirance prononcée pour le paranormal, attrait qui s'explique notamment « par les productions culturelles anglo-saxonnes », Harry Potter et autres. La proportion des moins de 35 ans qui croient en la sorcellerie atteint le surnaturel score de 40 %.

Aux États-Unis, le satanisme est de retour avec pour motif que si la situation est si mauvaise, c'est que Dieu n'est pas « bon ». Essayons le diable.

Troisième cavalier : l'émotion

Nous agissons autant à cause de nos sentiments que de nos intérêts. La place respective des deux a fait l'objet d'un long débat entre philosophes et économistes (autour de l'utilitarisme) depuis trois siècles. À notre époque marchande, le rôle du matérialisme a semblé l'emporter mais de nombreux auteurs ont montré que c'était trompeur. Les symboles ont repris la corde (Pierre Bourdieu), la colère est passée devant (Peter Sloterdijk), les émotions triomphent maintenant. Elles prévalent sur les faits, le « ressenti » vaut plus que les chiffres. Pierre Rosanvallon y voit les nouvelles classes sociales :

les gens ayant ressenti des épreuves semblables se retrouvent par « communautés d'émotions » sur les réseaux sociaux. Ils se lient sur le Net, l'appartenance au groupe WhatsApp remplace la fratrie de l'usine et les liens d'hier. Le mépris dans lequel les tient l'élite fait soudure. Tout comme le ressenti dans les moments où l'on a subi une discrimination pour raison de sexe ou de couleur de peau.

Quatrième cavalier : la post-vérité

Quand le président des États-Unis Donald Trump livre six mensonges quotidiens (calcul du *Washington Post*), quand les partis extrémistes dénoncent la science officielle et vantent « la sagesse » de la foule qui sait, elle, que l'hydroxychloroquine est efficace, quand des usines de « fausses nouvelles » sont montées en Russie ou en Chine pour tromper les électeurs et contredire les gouvernements, quand les réseaux sociaux enferment les gens dans « le silo de leurs certitudes », s'ouvre l'ère de « la post-vérité ».

La glissade dans l'irraison est poussée dans le dos par une remise en cause de la science elle-même. La très faible culture scientifique de l'opinion publique, au moment où la science va devenir centrale dans tous les défis du siècle, est malheureusement criante. En conséquence, les irraisons entrent facilement dans les crânes. La science serait « achetée par les labos » : les anti-passe sanitaire en ont fait leur slogan. Beaucoup de partis politiques de gauche le pensent, les écologistes l'affirment pour les organismes génétiquement modifiés (OGM). Ils croient en « l'édification d'une "science parallèle", indépendante, "citoyenne", en sous-entendant que l'autre science ne le serait pas », comme l'écrit Marcel Kuntz[1].

La place est libre aux « vérités alternatives », celles des complotistes, mais beaucoup plus largement à l'ère des « croyances », celles de tout un chacun. La vérité est la sienne propre, celle de ses idées préconçues, auxquelles on s'accroche.

Faites l'expérience qui m'a été soufflée par le physicien Étienne Klein. Prenez votre portable, sur Google, écrivez « la terre est-elle plate ? » et lancez la recherche. Vous tombez, en rang 4 ou 5 donc immédiatement, sur des sites « platistes ». Oui, elle est plate. Voilà pourquoi on estime qu'il y a, aux États-Unis, 12 millions de « flat earthers », proportion véritablement folle.

Cinquième cavalier : la peur

Yann Algan et Pierre Cahuc ont décrit la France, dès 2007, comme une « société de défiance ». Défiance vis-à-vis des partis politiques, des institutions, des

1. Revue *Commentaire*, automne 2014.

médias et, plus qu'ailleurs, des autres. Éric Maurin a vu le triste dérapage que cela provoque : les mouvements sociaux les plus durs ne viennent pas des salariés qui ont perdu leur emploi ou leur statut mais de ceux qui ont peur de le perdre. Ils s'accrochent, ils se désignent comme « résistants ». Par an, seuls 1 % des salariés sont licenciés, ce qui est très faible (hors période de crise). Mais tous craignent de l'être. Et les plus radicaux, véritable paradoxe, sont ceux qui ont l'emploi le mieux protégé, ils ressentent la menace « comme un arrêt de mort[1] ». Dans l'ère de la post-vérité, quand les faits ne rassurent plus, cette peur domine, l'émotivité surpasse le raisonnement et le ressenti devient ressentiment.

L'État se voulant « protecteur » ajoute maladroitement à la peur. Il est devenu maternant, renchérit le philosophe allemand Peter Sloterdijk, « il invite tout le monde à se sentir menacé » pour prétendre nous « protéger ». Cette « sécurocratie » a trouvé son apothéose dans la crise Covid. L'individu est non seulement enjoint aux « plaisirs » mais une « hyperallergologie » lui interdit même de souffrir. La peur domine tout parce qu'elle s'est transformée en peur d'avoir mal[2]. Cet élargissement du domaine de la douleur permet à la psychologie de s'investir partout. Elle prend possession de l'intégralité du terrain

1. Éric Maurin, *La Peur du déclassement*, Seuil, 2009.
2. *Le Point*, 18 mars 2020.

humain et le somme, non plus de « s'éveiller » à la raison, mais de « se surveiller ». Le but est désormais d'éliminer tout « risque de stress », le mot qu'on vous sert à toutes les sauces, stress au travail, stress à l'école, stress permanent. L'éducation, devenue « safetyism », consistant à épargner aux enfants tout contact avec la rigueur de la vie, ne les y prépare évidemment aucunement.

[ATTENTION] Je trouve comme vous que Peter Sloterdijk exagère un brin. De même qu'un peu plus haut Marcel Gauchet. La société n'est pas encore entièrement convertie à l'individualisme et à l'auto-surveillance. Il reste des institutions, des mécanismes collectifs qu'il s'agit précisément de refondre et de défendre. Ces philosophes nous servent, exactement comme les scientifiques du GIEC, de lanceurs d'alertes. La terre est en train de brûler, la société est en train d'exploser. Il faut se mobiliser pour elles deux.

Sixième cavalier : la méritocratie retournée

L'État a raté son discours sur le mérite. Les inégalités d'aujourd'hui ne proviennent plus des privilèges de la naissance comme dans l'Ancien Régime ou de l'argent comme au XIXe siècle mais des diplômes. L'élite est constituée de ceux qui ont atteint une grande école ou un troisième cycle universitaire. En somme, les gens « intelligents » auraient pris le pouvoir et il est difficile de penser que, dans une société complexe et technologique, c'est *a priori* une calamité.

Sauf que l'aristocratie du mérite finit par se comporter comme toutes les aristocraties, elle use de tous ses avantages intellectuels et financiers pour privilégier ses enfants. Cette « reproduction de classe » est l'un des premiers travers des systèmes éducatifs, en particulier aux États-Unis et en France. Le classement selon l'habileté scolaire est devenu, à rebours de ce qu'il prétend, une source de renforcement des inégalités.

De surcroît, la course à l'université fabrique des quantités de frustrations, comme l'a très bien expliqué le sociologue François Dubet. L'élévation générale des résultats au Bac amène nombre d'étudiants dans des études universitaires qu'ils doivent abandonner dans les deux années suivantes. Lorsqu'ils parviennent au bout, le cursus ne débouche sur aucun emploi ou sur un emploi « déclassé ». Tout se retourne alors dans les têtes. L'échec n'est plus excusable, il n'est plus dû à mes difficultés de naissance, ma classe, ma race, mon genre, mais à mon manque personnel de « mérite ». La méritocratie enfante de la sorte, par milliers, ses propres ennemis : les frustrés.

Le QI n'est sûrement pas le seul critère pour construire une société harmonieuse. Il exacerbe l'individualisme, nourrit le dédain des moins diplômés et dégénère en narcissisme. La course à l'excellence et aux « talents » a brisé le modèle éducatif lui-même et son fondement : l'idée que l'enseignement alimente un progrès général et continu des humains. Michael Sandel résume : l'éducation, comme pilier de l'émancipation, est devenue un mythe[1].

Septième cavalier : la trahison des politiques

Taper sur la classe politique est une activité aujourd'hui facile, banale et permanente. Elle fait le business des médias. Et il faut hélas bien constater qu'il y a de quoi, en particulier en France. « Les représentants politiques sont nombreux à succomber à la tentation populiste, instrumentalisant l'identité, jouant avec le feu de la laïcité, réhabilitant les frontières, confondant solidarité et assistanat, sombrant dans le complotisme, stade suprême du populisme. Tout cela en espérant flatter le peuple et recueillir ses suffrages », résument Damien Fleurot et Mathieu Souquière[2].

Je voudrais ici insister sur le septième cavalier qu'est devenue la gauche, le parti qui a été de tout temps celui de la Raison et des Lumières.

1. Michael Sandel, *La Tyrannie du mérite*, Albin Michel, 2021.
2. *La Flambée populiste*, Plon, 2021.

La « cancel culture », autrement nommée « woke », a envahi la gauche européenne à partir des campus américains. Un retour en boomerang du déconstructivisme des « French philosophers » des années 1970, Michel Foucault, Jacques Derrida, Jean-François Lyotard… Dans la pensée woke : les institutions démocratiques libérales sont des façades construites pour protéger le système capitaliste, bourgeois, blanc, masculin. Les « Lumières » ne sont en réalité que l'expression de la culture occidentale, qui n'a pu briller que par l'oppression et le colonialisme. Le débat démocratique est une mystification, la loi ne sert qu'à maintenir la domination, l'école qu'à la reproduire. Il n'y a pas de vérité « universelle » mais des vérités de communautés. Comme l'écrit Stéphanie Roza, la gauche woke s'en prend à la Raison parce qu'elle ne conduirait pas à l'émancipation des peuples mais travaillerait à maintenir l'avantage des élites[1].

Cette vision va jusqu'à la censure. La liberté de parole n'est qu'un instrument de l'oppression des privilégiés. Et jusqu'à l'attaque en justice des privilégiés dès qu'ils tiennent des propos, justes ou faux, qui « blessent » quelqu'un moins privilégié qui s'estime être « en insécurité ».

[Attention] Au départ du wokisme est la défense des minorités. On le comprend et on accepte qu'une

1. Stéphanie Roza, *La Gauche contre les Lumières ?*, Fayard, 2020.

certaine violence soit nécessaire. Le féminisme et l'anti-racisme ont été et sont des combats. Ce combat pourrait être aujourd'hui celui d'une avant-garde qui voudrait poser les jalons d'une civilisation multiculturelle et rénover le principe d'égalité. Vu comme cela, au regard des évolutions démographiques et de l'ouverture du monde, le wokisme est intéressant. Mais à condition que l'objectif soit de chercher une civilisation interculturelle pour le XXIe siècle et de redessiner, en regard, les Lumières, l'humanisme et l'universel, pas de les abolir. C'est hélas ce qu'on observe. L'avant-garde wokiste n'est qu'une arrière-garde qui se fourvoie dans des lectures idéologiques de l'histoire.

Son résultat, on l'a compris, est très proche de celui de l'extrême droite pour qui « il y a un complot derrière tout ça ». Complot de « l'État profond » pour les extrêmes droites, complot du capitalisme mâle blanc pour les woke. Les deux extrêmes se rejoignent. Désastreuse évolution politique qui conduit une partie de la gauche à s'opposer à l'universalisme qui était sa racine, sa « raison » d'être.

Huitième et dernier cavalier : les médias poussent au-fou

Fin août 2020, l'historien Pierre Nora annonce qu'il met fin à la revue *Le Débat* qu'il a cofondée en mai 1980 pour « rendre compte de l'actualité de fond ». L'arrêt de la publication est expliqué par le contexte général qui n'est plus aux débats mais à la pensée « dans son silo », aux invectives et à la violence. Les revues qui proposent « un ensemble cohérent d'articles » n'intéressent qu'un lectorat de plus en plus étroit.

Cette décision montre combien les médias « sérieux » sont frappés par le même péril. Abandonnés des lecteurs (dont les jeunes) et confrontés à des conditions économiques très difficiles (la publicité captée par Google et Facebook), ils errent à la recherche d'une nouvelle audience.

Selon le rapport du Reuters Institute en France, entre 2013 et 2021 la consultation des réseaux sociaux pour s'informer est passée de 18 à 38 % des usages alors que celle de la presse écrite baissait de manière spectaculaire, passant de 46 % à 14 %. Les trois principaux supports d'information numérique sont Facebook (39 %), YouTube (24 %) et WhatsApp, en forte progression avec 15 %. « La cause est la réticence des usagers à payer des abonnements[1]. » La crédibilité de Facebook est en baisse et ce support est dédaigné par les moins de 35 ans mais sa filiale de messagerie WhatsApp ne cesse de progresser. On ne s'informe plus grâce aux médias mais au travers de ses « amis » : « Tous les

1. Antoine de Tarlé sur le site Telos, 10 septembre 2021.

sondages montrent que les internautes accordent une grande confiance dans les nouvelles diffusées par les proches via les boucles des messageries. »

Cette évolution du support a entraîné une mutation de l'information elle-même. « The medium is the message », disait McLuhan dès 1964. L'information sérieuse pour « l'honnête homme », ennuyeuse, a laissé place au clash de la polémique, au buzz de la complosphère, aux insultes et contre-insultes. Parallèlement, le journaliste est remplacé par « l'influenceur ». Terrible glissade des mots et des choses. Et nous n'avons encore rien vu. Avec l'intelligence artificielle, la domination des GAFA sur l'infotainment et l'information va devenir ravageuse.

Les médias sociaux étaient au début libérateurs, on imaginait qu'ils allaient diffuser les connaissances et la culture, construire une agora ouverte et amener la démocratie, entre autres en faisant sauter les dictateurs, par exemple dans le monde arabe. Rien ne s'est passé comme prévu par les utopistes numériques. La Révolution a été « confisquée par les plateformes de l'économie de l'attention », résume Bruno Patino[1]. Il leur faut de l'audience pour la publicité et en la matière rien ne vaut les polémiques. Les libérateurs sont devenus des aliénateurs, ils vendent des algorithmes addictifs.

1. Bruno Patino, *La Civilisation du poisson rouge*, Grasset, 2019.

[ATTENTION] Vous consultez encore Google cinquante fois par jour, au moins, et vous vous réjouissez autant de fois de transactions, de conversations et des avantages du Net. Cette invention est inouïe.

Mais il est vrai *aussi* que les médias sociaux sont les chambres d'écho de l'irrationalité en confortant les croyances, propageant les fake news et les haines. Rien ne marche mieux sur Facebook que le faux et le crado. Mark Zuckerberg, son fondateur, a beau faire des promesses de tri, il ne le fera jamais vraiment, ses recettes viennent de l'audience et l'audience de l'irraison. Ce n'est pas étonnant, c'est son business model. On en reparlera dans la deuxième partie de ce livre. Mais ici, ce qui est très grave est de voir que la culture du clash a gagné de proche en proche les autres médias.

Un exemple de cet enchaînement. Le 9 novembre 2020, les laboratoires Pfizer et BioNTech annoncent les résultats positifs de leur ARN messager, ouvrant enfin l'espoir de se débarrasser de la Covid-19. Le vaccin, on l'a ! En France, cette excellente nouvelle a été concurrencée par une autre : la sortie du documentaire conspirationniste *Hold-Up* le 11 novembre sur le site Internet Vimeo. Il raconte que le virus a été inventé pour tuer la moitié des habitants de la planète et asservir les survivants : une connerie magistrale, un succès viral ! Le film a été abondamment partagé sur les réseaux, provoquant 50 000 tweets et 160 000 retweets. Les télévisions en continu estiment que ce succès est « un événement », il faut donc en parler. Elles invitent le producteur et le réalisateur sur leurs plateaux. Naguère, les journalistes auraient mis ce film à la poubelle comme faux et ne méritant pas qu'ils en parlent.

Même distorsion parallèle dans le regard porté sur l'actualité : les journalistes qui font des micro-trottoirs ou des reportages de guerre ne demandent plus aux passants ou aux soldats « qu'avez-vous vu ? » mais « qu'avez-vous ressenti ? ». L'époque est passée aux émotions, la presse aussi.

Et qu'on ne me fasse pas le coup du « fact checking ». Quelqu'un, invité sciemment à l'antenne, dit un chiffre faux, une contrevérité, les médias croient bien faire en corrigeant et donnant le vrai chiffre. Ils « font leur travail », disent-ils. Non, ils ne le font pas. Inviter à la polémique et s'en dédouaner n'est qu'une sale hypocrisie. Comme on l'a vu, l'irrationnel n'écoute pas les contre-chiffres parce qu'il pense que la vérité est « ailleurs » et plus grande. Le travail du journalisme, en cette heure grave, n'est pas de ruser, il est, bien plus difficile, de faire la pédagogie obstinée de la Raison et de la modération. À l'antenne.

Engrenage délétère : les médias ne se permettent plus de « juger » ce qui doit être publié, ils diffusent parce que le buzz en parle, parce que les chaînes en continu se ruent pour filmer le moindre feu, parce que les concurrents le font et parce que, au vrai, cette diffusion des fausses nouvelles fait plus de téléspectateurs, d'auditeurs et de lecteurs que les nouvelles sérieuses qui sont ennuyeuses. Inversion des hiérarchies : le sérieux passe après, s'il passe jamais. L'émotion, l'hyper-concurrence, la situation financière déficitaire de beaucoup de médias, forcent le choix de « parler de ce qui marche » et non plus de parler de ce qui est important.

« Les chaînes d'information, par leur puissance, "anoblissent" une cause, la popularisent, la martèlent et l'installent au cœur des délibérations publiques », écrit la sociologue Monique Dagnaud[1]. Ensuite, les grandes chaînes de télévision suivent. Enfin les journaux, hier premiers désormais derniers, reprennent.

Fin de la cavalcade, descendons du cheval. Au bout de ce long et triste chapitre, résumons. Les complotistes et les antivaccins sont loin d'être des dingos isolés, ils sont bien au chaud avec les autres. La société tout entière est menacée de basculer dans une civilisation neuve caractérisée par les peurs, les hantises, le triomphe de l'émotion, la psychologisation, l'errance des politiques, le fourvoiement

1. Monique Dagnaud sur le site Telos, 8 septembre 2021.

de la gauche, la complicité des médias. Le terrain civilisationnel occidental de la Raison est défoncé et le XXIe pourrait plonger dans l'abîme.

Avant de trouver une issue pour se raccrocher à la Raison et reprendre espoir en l'avenir, il faut aller au sous-sol, plonger dans l'« infrastructure » comme Marx y invite : visiter le capitalisme.

CHAPITRE 3

Le capitalisme coupable désigné

Le coupable, le voilà. On le tient. Le capitalisme version utra-libérale, mondialiste, libre-échangiste, tout-marché. « Le fondamentalisme du libre marché a érodé les droits des travailleurs et la sécurité économique, entraîné une course vers le bas à travers une déréglementation et une compétition ruineuse sur le plan des taxes et a conduit à l'émergence de nouveaux monopoles mondiaux colossaux. » Celui qui parle est-il Jean-Luc Mélenchon ? son équivalent britannique Jeremy Corbyn ? ou américain Bernie Sanders ? Tenez-vous bien : Klaus Schwab. Schwab, le fondateur du Forum de Davos, mal connu pour ses penchants gauchistes. Il s'adresse, nous sommes en 2019, aux dirigeants qu'il accueille comme chaque hiver dans la montagne des Grisons en Suisse : « Il nous faut repenser le capitalisme (...) Un Grand Redémarrage qui doit faire entendre ceux qui ont été laissés au bord du chemin. »

Le pape de la « globalisation » depuis trente ans prend un virage sur l'aile. Et il n'est pas le seul. La Business Roundtable (BRT), qui rassemble 188 PDG américains, est du même avis. Elle dénonce la « *shareholder value* », dont le principe a été instauré en 1970 par Milton Friedman, prix Nobel, patron de l'école d'économie de Chicago. Il avait édicté : « La seule et unique responsabilité d'une entreprise, c'est d'augmenter ses profits. » Rien de plus. Des bénéfices, des dividendes, des hausses à la Bourse. Point final. Surtout pas de responsabilités « sociales », qui sont l'affaire des politiques.

Un demi-siècle plus tard, la Business Roundtable fait un *mea culpa* radical : « Nous nous engageons à apporter de la valeur à nos clients et investir dans nos salariés. (…) Nous respecterons les gens de nos communautés, protégerons l'environnement en adoptant des pratiques durables. » Ces chefs d'entreprise veulent, dans ce « Grand Redémarrage », abandonner le capitalisme « actionnarial » et revenir à l'avant-Friedman, au capitalisme « partenarial » dans lequel le chef d'entreprise devait fixer sa stratégie en tenant compte des intérêts des salariés, des fournisseurs, des clients et des lieux de ses implantations, autant que de ceux des actionnaires.

Qu'est-ce qui motive cette conjonction de déclarations autocritiques ? Une peur. Une peur d'explosion, du type de celle qui terrifia la bourgeoisie européenne après 1917 et la révolution des Soviets en Russie. Ray Dalio, fondateur du fonds Bridgewater Associates, dont la petite fortune est de 17 milliards de dollars, l'exprime : « Les États-Unis sont menacés d'un "danger existentiel". » La croissance des inégalités peut conduire à un grand conflit, à « une sorte de Révolution ». Sa crainte est la disparition du capitalisme. Il est en danger de mort, il faut le corriger à la hâte, refaire un « contrat social » comme ce fut fait, après la Révolution russe et la Grande Crise, dans les années 1930.

Klaus Schwab et beaucoup d'autres dirigeants ont soudain pris conscience de la montée populiste et du soutien populaire des manifestations comme celles des gilets jaunes en France ou d'Occupy Wall Street aux États-Unis. Ils ont été effarés par le Brexit, par la victoire de Trump et par les poussées populistes partout ailleurs. Ils se sont plongés dans les statistiques « sociales » et ont découvert les insatisfactions majeures d'une majorité des peuples. Ils aiment et défendent le capitalisme mais ils comprennent qu'il a mal tourné. Les inégalités sont devenues inacceptables et, de façon plus grave, c'est « la société » tout entière qui s'est délitée et la démocratie avec. Le capitalisme paie mal une majorité des salariés, l'école n'émancipe plus, les logements sont hors de prix, les services publics se dégradent, la société fonctionne si mal qu'elle déplaît à la majorité de ses membres, elle ne les protège plus, elle les affaiblit.

[ATTENTION] Si le capitalisme n'assure plus « une bonne vie » pour les classes moyennes des pays développés, il faut immédiatement souligner que, dans le même temps, le libéralisme, la mondialisation et la technologie combinés ont sorti des milliards de gens de la misère et leur ont offert, dans les pays en développement, les premiers éléments d'une dignité. Conséquence mal connue : la richesse n'est plus concentrée au Nord, du coup les inégalités mondiales ont baissé depuis 1980. Selon le World Inequality Lab, en matière d'éducation, le niveau de l'Amérique du Sud était à seulement 15 % de celui de l'Amérique du Nord en 1960, il est maintenant à 70 %. L'espérance de vie dans les pays en développement était de 39 ans en 1960 (70 ans aux États-Unis), elle est montée à 63 ans quand celle des États-Unis est de 78,5 ans. Convergence réussie.

Pour résumer ce mouvement de rattrapage et de réduction des inégalités planétaires, il faut avoir en tête la distribution de la croissance mondiale des richesses représentée par la « courbe de l'éléphant » de l'économiste serbo-américain né à Paris Branko Milanovic[1]. De 1980 à 2016, les 70 % du bas (les

1. Branko Milanovic, *Inégalités mondiales*, La Découverte, 2019.

habitants de ce qu'on nommait le tiers-monde) ont vu leur revenu presque doubler, ce sont principalement des Asiatiques, montés sur la croupe du pachyderme. La classe moyenne du vieux monde des États-Unis et d'Europe, celle qui menace de plonger dans l'irraison et qui nous occupe dans ce livre, a décroché, son revenu a stagné (0 %) et sa part a baissé, comme le cou creusé de l'éléphant. Enfin, la trompe pointée vers le haut, le 1 %, s'est empiffré avec un rapt de 44 % de l'accroissement des revenus mondiaux. Cet éléphant est la meilleure image pour décrire la jungle dans laquelle nous sommes.

Le procès du capitalisme doit tenir compte de cet essor historique et du basculement géopolitique fracassant qui s'est opéré de l'Occident vers le Sud, en réalité vers l'Asie.

Les juges du capitalisme doivent savoir aussi que si le salarié pleure, le consommateur rit. Le libéralisme a été très efficace pour tuer l'inflation des années 1970, qui ruinait d'abord les plus pauvres. La mondialisation a fait baisser les prix des T-shirts mais aussi de nombreux produits, alimentation, jouets, habillement, meubles, appareils ménagers, transports aériens… Le gain du « made in China » vaut, selon l'économiste Patrick Artus, 20 % de prime salariale annuelle.

De surcroît, on y reviendra, beaucoup de statistiques récentes indiquent que les salaires remontent depuis 2018-2019 dans les pays du Nord. Les emplois précaires, dénoncés comme le modèle qui allait se généraliser, se sont stabilisés en proportion de l'emploi total dans l'OCDE (autour de 11 %). Le nombre des salariés dotés de bas salaires recule doucement (vers 16 % du total). Tout s'arrange, un peu. La théorie fameuse du « ruissellement » (le champagne versé tout en haut dans une pyramide de coupes finit par remplir tous les verres) que vantaient les libéraux est apparue fausse parce que le champagne s'obstinait à rester dans les verres du haut. Cette théorie du ruissellement se trouverait-elle finalement un peu vérifiée ? Sans doute pas mais l'objectivité demande, en tout cas, un examen nuancé et équilibré.

Mais [ATTENTION] au ATTENTION. Ne nous trompons pas. Même si en fin compte le capitalisme délivre beaucoup plus de bienfaits que ne le disent ses détracteurs, si le peuple exagère sa plainte, si beaucoup de ceux qui crient n'ont pas vraiment mal, il reste que le sentiment de ne pas participer au repas des riches et de perdre pied est une réalité. On peut se gausser du « ressenti », d'une perception exagérée de la réalité et même possiblement fausse, reste qu'une majorité des gens disent « vivre mal » et que deux jeunes sur trois estiment la société « injuste ».

À l'époque de l'individualisme, du narcissisme, de la peur du déclassement, d'une perte de dignité, ces échecs du capitalisme motivent les ressentiments et la colère. Au capitalisme démocratique d'y répondre et d'y répondre sérieusement.

Reprenons tout ça dans l'ordre.

De quoi est *vraiment* coupable le capitalisme ?

Commencée depuis le début des années 1980 et ne cessant de prendre de l'épaisseur, surtout après la crise financière de 2008, l'accusation du capitalisme « ultra-libéral » s'est concentrée au départ sur les inégalités de revenus. L'économiste français Thomas Piketty en a fait un best-seller mondial en 2013. Selon ses chiffres, de 1993 à 2012 aux États-Unis, le revenu des 1 % les plus riches a crû de 86 % tandis que celui des autres 99 % n'a gagné que 6,6 %. Un véritable « accaparement ». Le 1 % des plus riches truste 20 % de la richesse totale. Dans le même temps, toujours aux États-Unis, la part des 50 % d'en bas a fondu pratiquement de moitié, passant de 21 % à 13 %. La part des ultra-riches, le 0,1 % top du top, est passée de 2 % du gâteau à 9 %.

Les économistes libéraux ont crié haro sur le Français. Ils ont corrigé ses chiffres de revenus bruts en tenant compte des impôts et des transferts sociaux. Leurs chiffres minorent les écarts mais le constat ne change pas fondamentalement : les inégalités de revenus entre les pays ont baissé mais elles ont fortement augmenté à l'intérieur de certains pays. Le constat est pire encore pour les inégalités de patrimoine, les propriétaires d'actions ou de logements se sont enrichis considérablement. Les 1 % des Américains les plus riches possédaient 45 % de la richesse totale du pays en 1910, puis cette part est tombée à 20 % en 1980 et elle est remontée à 37 % en 2010. Pour la France, le 1 % possédait 55 % avant la Grande Guerre puis 15 % en 1980 et 23 % en 2010.

L'Europe est restée beaucoup plus sociale. Les inégalités n'ont que peu augmenté en France, en Belgique et aux Pays-Bas. Dans l'ensemble européen, la part du revenu national des 10 % les plus riches est passée de 10 % en 1980 à seulement 12 % en 2015. Il y a en Europe le même phénomène du 1 % qui grimpe de façon vertigineuse mais le modèle de redistribution fonctionne encore bien.

Les inégalités d'argent ne sont pas toute l'histoire, loin de là. Elles ne sont pas l'explication entière et définitive au malaise de la société. Donald Trump lors du vote de 2020 a gagné dans les États où les inégalités sont restées stables tandis qu'il a perdu dans les États, en Californie par exemple, où elles ont bondi. Si les divergences de richesses étaient si mal ressenties, si décisives, le vote aurait dû être inverse.

L'individualisme a bouleversé la carte des mentalités : les pauvres ne réclament pas forcément plus de redistribution, les riches ne s'y opposent pas toujours. Un examen des résultats de l'élection présidentielle de 2017 en France, conduit par l'économiste Daniel Cohen, montre qu'ayant atteint un certain niveau d'éducation, l'électeur se détache de son intérêt financier immédiat, il peut penser un peu aux autres. L'éducation a remplacé l'axe traditionnel gauche-droite fondé sur les classes de revenus[1]. Du coup, le peuple admet sans sourciller que Lionel Messi empoche 40 millions d'euros nets par an au Paris Saint-Germain… Et que plus largement, les stars du sport ou du cinéma gagnent des fortunes tandis que les lambda du foot et de l'écran sont au smic.

Si les inégalités d'argent ne sont pas le fin mot du malaise, où chercher les profonds motifs des révoltes ? Dans les autres inégalités, le délitement des familles, l'éducation défaillante, la métropolisation, le prix des logements, de la santé, de l'énergie… et globalement dans « l'insatisfaction de sa vie ». Les États-Unis en donnent un portrait social terrible.

---

1. « The rise of populism and the collapse of the left-right paradigm », sur le site Vox, le 7 septembre 2018.

Divorces, hausse des suicides, surconsommation d'opioïdes et d'alcool, meurtres de masse, insécurité, violences raciales, baisse de l'espérance de vie des hommes. Nous sommes loin des années 1960 avec le triomphe de la consommation, la puissance militaire, l'éclat d'Hollywood et la « Great Society » de Lyndon Johnson. « Unequal and unsafe », telle est l'Amérique. « Le XXIe siècle du malheur », résume Nicholas Eberstadt de l'American Entreprise Institute.

Pourquoi ? Pourquoi le capitalisme, qui tournait si bien après guerre lors des Trente Glorieuses, s'est-il vicié ? L'explication est limpide.

Le faux libéralisme

Reagan et Thatcher ont cru que l'inflation et le chômage (au début de sa montée dans les années 1980) venaient de l'excès de la taille de l'État. Il fallait le réduire et redonner toute sa place au « marché » qui est « plus efficace ». Conséquence : les gouvernements ont baissé certains impôts, allégé des lois sur le travail, supprimé les droits de douane. Pour quel bilan ? Quarante ans plus tard, le résultat sur l'inflation est remarquable mais il est pitoyable pour tout le reste.

[Attention] Gardez en tête les succès incontestables du capitalisme libéral dans les pays en développement, en particulier au Sud asiatique.

Dans les pays développés, les salaires ont été « contenus », c'était le but, et les profits ont fait la fête : ils sont passés de 11 % du PIB à 15 %. Les impôts payés sur les bénéfices ont été ramenés de 42 % à 25 %. Et pourtant, la croissance économique dans l'OCDE est tombée de 4 % dans les années 1980 à 1,5 % en moyenne annuelle. La recette libérale n'a pas rempli ses promesses. Gros bug.

Les économistes divergent sur cette anomie de la croissance. Les uns accusent le libéralisme devenu « ultra », d'autres la technologie, en particulier Internet, qui accroît la transmission des informations mais ne crée aucune « valeur » nouvelle. D'autres répliquent que le libéralisme n'a en réalité jamais été appliqué. Contrairement aux promesses de mise au régime sec des États, les dépenses publiques n'ont cessé d'augmenter partout, en Europe, on le sait, mais aussi aux États-Unis, qui le sait ? Le poids du système de sécurité sociale est passé outre-Atlantique de 10 % du PIB en 1980 à 17 % en 2020. La pandémie de la Covid a montré des Américains bénéficiant de soins gratuits à grande échelle et d'aides salariales supérieures aux européennes. Tous les propos tenus contre « l'austérité » et le saccage de l'État-providence en Amérique comme en Europe sont des fadaises idéologiques.

Que s'est-il passé en réalité ? Les baisses d'impôts et les dépenses publiques *accrues* ont été payées par une expansion continue des dettes publiques. C'est le paradoxe qu'il faut bien saisir : les gouvernements ont cherché à couper dans les dépenses, ils les ont limées par-ci par-là et les services publics se sont *de facto* abîmés, ce que ressentent durement les gens. Mais globalement, ces gouvernements (de tous bords politiques) ont échoué : les États-providence n'ont pas minci, au contraire. Les dépenses publiques ont crû de 32 % du PIB aux États-Unis en 1980 à 40 % en 2019 (avant les hausses dues à la Covid). En France, elles n'ont jamais cessé leur progression pour atteindre 57 % du PIB avant la pandémie. Exceptions avec la Suède, recul de 65 % à 50 % en vingt ans, et l'Allemagne, recul de 55 % à 45 %.

En parallèle, même réflexe de recours au crédit chez les ménages : mal payés, ils auraient dû réduire leur consommation mais ils ne l'ont pas fait, ils ont maintenu leurs achats grâce, également, à des dettes. L'économie « libérale de marché » promise s'est transformée tout simplement en une économie de crédits *a volo*. Les dettes dans les pays développés ont doublé depuis 1999 pour atteindre 440 % du PIB. La Chine est à 350 %, les pays en développement à 250 %. Et elles continuent de grossir.

Ce faux libéralisme se paie cher. D'une part, une économie de crédits enrichit naturellement les possédants et creuse les inégalités. D'autre part, les ennuis ne s'arrêtent pas là : les dettes que chacun sait immenses posent la question sans réponse de leur remboursement. Un doute s'est installé sur le financement à long terme. Ce doute fait disparaître la condition *sine qua non* du bon fonctionnement du capitalisme : la *confiance*. Il pèse négativement sur la croissance. Le faux libéralisme n'a ni les avantages du libéralisme ni ceux de l'étatisme, il récolte les critiques légitimes de deux côtés, souligne Patrick Artus.

Troisième vice de ce faux libéralisme : les dettes ont poussé logiquement à une financiarisation de l'économie, donnant à la banque et la finance une place prépondérante par rapport à la production réelle. Devenue gargantuesque, la finance a avalé une part extravagante du gâteau, puis, prise d'hubris et de certitudes, elle s'est lancée dans d'aventureuses inventions mathématiques pour couvrir tous ses risques (les marchés dits dérivés). Comme personne ne la contrôle plus vraiment, la finance est tombée dans des crises récurrentes et, plus grave encore, ses exigences de rendement ont obligé les entreprises « réelles » à se rabattre sur l'impératif de court terme.

Est née la finance de l'irraison. L'argent doit normalement aider au développement des entreprises, certains fonds spécialisés spéculent aujourd'hui sur la chute de certaines d'entre elles (par les ventes à découvert), une sorte de suicide capitaliste. Les banquiers persuadent les grosses entreprises que la meilleure façon de gagner de l'argent est de racheter leurs propres actions, 1 000 milliards de dollars en 2021 aux États-Unis : le capitalisme cannibale se nourrit de lui-même.

Ce faux libéralisme accouche d'un déficit mondial d'investissements de long terme, ceux qui manquent à la croissance, à la transition énergétique, à la santé ou à la construction des infrastructures. Le court terme et les résultats trimestriels sont la seule boussole, le monde s'est enfermé dans « une tragédie des horizons », comme le décrit très bien Mark Carney, ancien gouverneur de la Banque d'Angleterre.

Ajoutons, puis on en aura fini avec le dossier d'accusation, que « l'économie de marché » est en carton-pâte. Le marché est capté par des monopoles comme jamais depuis un siècle. En 1990, les 100 plus grandes entreprises avaient une capitalisation boursière 30 fois supérieure à celle des 2000 immédiatement en dessous. Ce ratio est passé à 7 000 fois en 2015. On connaît les GAFA, mais tout le capitalisme d'aujourd'hui leur ressemble : la concurrence est trahie, les monopoles règnent, les inégalités entre les multinationales d'en haut et les

PME d'en bas sont historiques. Le faux libéralisme a fait renaître les rentiers.

Le vrai libéralisme

Revenons au point de départ de ce chapitre, au capitalisme « actionnarial ». Si la révolution macro-économique libérale n'a jamais été faite comme on vient de le voir puisque l'État ne maigrit pas, dans les entreprises la révolution micro-économique libérale a été accomplie. Le pouvoir de l'actionnaire est total, étayé par les contreforts de la finance de court terme. Cette place forte libérale, l'entreprise, est solidement occupée par les soldats de Milton Friedman. Une norme implicite d'un rendement de 15 % s'impose aux chefs d'entreprise comme la loi divine. Elle les corsète et la Bourse vient sévèrement punir ceux qui osent faire un pas de côté, comme Emmanuel Faber, remercié de son poste chez Danone pour s'être donné une « mission » plus large que le bénéfice.

Ce basculement actionnarial n'a pas été pour rien dans la fuite de l'industrie à l'étranger et son atrophie dans les pays qui ont adopté la *shareholder-value*, États-Unis, Grande-Bretagne ou France. Les usines ont mieux résisté en Allemagne, pays où demeure une cogestion avec les salariés.

Pour nombre d'économistes, la racine première de la crise sociale vient de là. De la disparition des grandes productions de biens matériels, les usines industrielles, dont dépendaient les « bons » salaires des classes moyennes. La société de services qui l'a remplacée laisse sur le carreau cette classe ouvrière sans diplôme, la condamne au chômage et aux petits boulots précaires, vide ses communautés, ruine ses banlieues et ses petits commerces... Les mille briques qui composaient le « bien commun » de l'industrie, les camaraderies au travail, les solidarités de classes sociales, les espoirs de l'école et de l'ascenseur social, les institutions locales, partisanes comme religieuses, et *in fine* la bienséance et la politesse, ont été démontées. Le libéralisme micro a plongé les ouvriers et leur famille dans la société anxieuse de l'individualisme de masse. Il a désossé l'*American way of life* des années 1930.

On récapitule. Nous voici aux origines du danger de barbarie. La boucle est bouclée : faible croissance, stagnation des salaires, arrêt de l'ascenseur social, finance folle, court-termisme, fin de l'espoir de progrès, individualisme sans repère et sans confiance, peur du déclassement et au bout du compte, fuite dans l'irraison.

Capitalisme version sun deck

Qui sont les ultra-riches ? Le voyage chez le 0,1 % qui (se) verse le champagne, tout là-haut sur le top deck des yachts, complète utilement le portrait du capitalisme.

Selon le magazine *Forbes*, la population des milliardaires en dollars a crû de 660 membres dans la seule année 2020 pour atteindre 2 755. Une hausse « sans précédent » porte leurs avoirs à 13 000 milliards de dollars. La cause en est la Bourse qui a vite rattrapé sa chute du début de pandémie. Les « marchés » ont voulu croire à la sortie d'un vaccin (ils ont eu raison) et à la relance super-massive par les gouvernements (ils ont aussi eu raison). Les milliardaires de *Forbes*, qui sont en grande majorité des fondateurs et des actionnaires de compagnies, ont été naturellement les premiers à se dorer la tranche.

La Chine a pondu un milliardaire toutes les 36 heures, soit un accroissement de 238 pour atteindre 698. Les États-Unis se sont bien défendus : + 110 soit 724 dont les champions du monde, Jeff Bezos, 177 milliards, et Elon Musk, plus de 151 milliards. Le Français Bernard Arnault de LVMH les talonne à 150 milliards, fortune doublée en une année. Le magazine rappelle qu'en 1987, l'homme le plus riche du monde, le Japonais Yoshiaki Tsutsumi, ne disposait alors « que » d'un magot de 20 milliards. Les 140 milliardaires de l'époque ne détenaient ensemble « que » 295 milliards. La progression du nombre et plus encore de la fortune des *happy few* a été fulgurante.

Très instructive est l'origine des fortunes. L'époque est schumpétérienne, ce qui posera un gros problème aux politiques qui veulent taxer les riches. Il y a vingt ans, en 2001, selon *Forbes*, la planète des ultra-riches se partageait en deux fractions égales : les héritiers et les *self-made men and women*. En 2021, la proportion des *self-made* est passée à 71 % (soit 1975 sur 2755) tandis que celle des « héritiers » est tombée à 28 % (499 sur 2755). En clair, les sommes acquises sont disproportionnées mais leur origine a une explication sinon une justification : les milliardaires tycoons se sont faits eux-mêmes, ils sont innovateurs et créateurs.

Enfin, autre considération instructive en ces temps écologiques : les milliardaires sont de plus en plus « propres », leur argent provient des technologies numériques, médicales ou des services et non pas de l'extraction des matières premières et des vieilles industries[1]. Les milliardaires encore « sales » sont

1. L'informatique, qui consomme 8 % de la production d'électricité dans le monde, pourrait atteindre 20 % en 2025, selon le Boston Consulting Group, à cause du Cloud et du Big Data. Pour se disculper des critiques écologiques et rester « propres », les géants de l'informatique ont entrepris une course au zéro carbone. Apple et Google promettent d'atteindre la neutralité dès 2030, Microsoft entend devenir « carbone négatif » à cette date.

d'abord russes, on s'en doutait, mais aussi les habitants de Chine, d'Inde, du Brésil, d'Afrique du Sud ou d'Australie. Les plus « propres » sont taïwanais, japonais, sud-coréens et américains.

Bien. Finies les vacances sur les sun decks, revenons à la salle d'audience du procès. Votre jugement est-il fait ? Le capitalisme incapable de bonne croissance, impuissant à distribuer équitablement et, en définitive, devenu une menace pour la démocratie, doit être sérieusement amendé. Vous êtes d'accord avec Schwab et Dalio ?

[ATTENTION] de ne pas tuer ce capitalisme schumpétérien qui nous apporte tant de technologies nouvelles, l'iPhone comme l'ARN messager.

Voici mon plaidoyer personnel : je ne pense pas que les inégalités de revenu soient à mettre, en Europe, au premier rang des causes de l'irraison, contrairement à la *vox populi.* Je me méfie quand la jalousie ou l'envie viennent submerger l'analyse. L'enrichissement du 0,1 % est souvent justifié, on vient de le voir, par la création de dizaines de milliers d'emplois. Je suis convaincu que les « autres inégalités » sont plus meurtrières, celles de l'éducation, celles des logements, celles des territoires, celles des couleurs de peau.

Il ressort de la visite au sous-sol trois piliers du mal : la place et le rôle de la finance, la pénurie de

« bons » emplois due à la disparition de l'industrie et l'évaporation du « bien commun » dans la glorification de l'individualisme.

Comment remonter aux Lumières ?

CHAPITRE 4

La défausse de l'élite

« Les élites n'ont pas conscience de ce qui se passe (…) La globalisation doit évoluer de façon différente, avec un meilleur respect des règles du jeu, ainsi que de l'environnement et un souci délibéré d'inclusion des peuples. Sur bien des points, Donald Trump a raison. » Qui cette fois dit cela ? Matteo Salvini ? Viktor Orban ? Marine Le Pen ? Non, Christine Lagarde. Christine Lagarde en novembre 2018, en tant que patronne du FMI, avant qu'elle n'aille à Francfort présider la Banque centrale européenne.

Les « élites » aveugles, volontairement aveugles ? On va montrer dans ce chapitre leur performance remarquable d'user de mille arguments pour ne jamais reconnaître que « oui, il y a un grave problème ». Cela fait un quart de siècle de paradoxal aveuglement pour des gens qui se pensent intelligents et qui en général le sont. L'élite continue de penser que le peuple est devenu fou mais que ce n'est pas de sa faute.

Petit préalable : je sais, l'emploi du mot « élite » fait polémique. Il est dangereux car il fait le jeu des populistes, en parlant comme eux on leur donne raison. C'est sûrement vrai. Je ne veux pas m'engager dans ce débat légitime. J'essaie de faire simple. Je désigne, simplement, par « élite », l'ensemble des gens qui se sentent à l'aise dans la société actuelle, qui ont un diplôme de troisième cycle universitaire, un bon job privé ou public, des revenus confortables, un logement, des vacances, des projets. Il ne s'agit pas seulement des top dirigeants, ou du fameux 1 % des plus riches, mais de tous ceux qui ont des responsabilités économiques, administratives, scientifiques, associatives, soit les gens qui ont des soucis mais pour qui, tout compte fait, « la vie ça va ».

Phase 1

Pendant très longtemps, des années 1980 à environ 2010, la réponse politique de l'élite a été la minoration. Le populisme n'est que le vieux fascisme sous un manteau neuf. Des archéo-racistes, des proto-nationalistes et des néo-protectionnistes : rien de nouveau dans le paysage, que des vieilles lubies des années 1930 qui reprennent de la force avec les crises économiques. Mais rien de vraiment dangereux. À notre époque « moderne », technologique, les gens sont formés et informés, les majorités conserveront la raison. Le mal ne prendra pas.

Cet étiquetage réflexe de néo-fasciste cachait une grande paresse intellectuelle. Le nationalisme des années 1930 était conquérant (Allemagne, Italie, Japon), celui d'aujourd'hui est, tout à l'inverse, défensif. Le populisme actuel est fataliste. Il pense qu'il n'y a rien à faire contre la loi démographique qui rend minoritaire la population « blanche » dans le monde et contre le cycle de l'Histoire qui donne son tour à l'Asie après une domination de l'Europe pendant des siècles. La roue tourne. Cette vision fataliste pousse les populistes à la nostalgie, à l'enfermement derrière des murs, pour profiter « encore un peu » du monde privilégié d'avant. Le populisme du XXIe siècle est un défaitisme. Mais le mur fait recette. L'idée toute simpliste de bloquer, d'arrêter, de se protéger, plaît.

Les leaders populistes profitent du silence de l'élite pour proliférer. Aux thèses anti-migratoires de l'extrême droite s'ajoutent des thèmes antimondialisation de l'extrême gauche (le mélenchonisme, le Mouvement 5 étoiles, le corbynisme). Les deux se mettent à faire résonance. L'écho s'amplifie, gagne en séduction et autorise des rapprochements de programmes naguère inimaginables. Comme une bande de Möbius, le paysage politique s'est replié pour joindre les deux extrêmes dans le même camp, celui du « dégagisme de l'élite ». Les candidats « hors système » emportent les majorités. Le ballon gonfle, prêt à exploser en colère à la moindre étincelle.

Pour l'élite, tout cela reste « pas sérieux ». Méprise et mépris. Cette première erreur se double d'une deuxième, celle de l'analyse économique que l'auteur de ces lignes confesse avoir longtemps soutenue. Le capitalisme libéral schumpétérien est réellement très inégalitaire et il fait réellement des perdants par millions. L'élite finit par le voir mais elle avance une réponse qu'elle trouve imparable : un peu de patience. Nous sommes à cette époque sous l'ère Clinton-Blair-Schröder, les gouvernements appliquent des « politiques de l'offre » en faveur de la croissance et, dit l'élite, « ces politiques fonctionnent ». Elles font baisser le taux de chômage à des niveaux très bas, regardez aux États-Unis, en Grande-Bretagne, en Allemagne. En conséquence, patience, tout le monde finira par s'y retrouver grâce à un « ruissellement » du haut en bas des emplois et de la richesse. Il suffit de promouvoir la mobilité entre les métiers et d'« adapter » les filets sociaux de sécurité qui datent de l'après-guerre pour que ceux qui perdent leur emploi en retrouvent un. Justement, il existe, pour ce faire, une deuxième politique très efficace : la flexisécurité inventée au Danemark. Importons-la et tout s'arrangera. Ce qui est bon pour le business est bon pour l'humanité.

Cette réponse en forme d'appel à la patience n'a pas convaincu le « peuple », c'est le moins qu'on puisse dire. Elle a buté sur la difficulté qu'ont les gens de changer de métier, de ville et de vie et sur le manque de courage des partis traditionnels à réformer avec radicalité l'État-providence. Mais, plus profondément, elle s'est heurtée à la nature même du nouveau capitalisme financiarisé, sans état d'âme vis-à-vis des perdants.

En 2008, la crise financière avait offert l'opportunité de s'en rendre compte et de changer les règles en profondeur. Après la révolution soviétique et la Grande Crise des années 1930, le système capitaliste fut entièrement modifié et fut créé l'État-providence. Cette fois-ci, l'élite n'en fit rien. Elle ne prit aucune sanction contre les financiers fous. Les gouvernements ont remis de l'argent dans la machine suivant le manuel keynésien. Ce fut efficace (comme ce sera fait encore à plus grande échelle dans la crise Covid), l'économie s'est vite relancée mais aucune réponse « sérieuse » ne fut apportée au désarroi des classes moyennes. Hormis le corsetage des banques traditionnelles, aucune réforme structurante n'a été décidée. Le capitalisme rétabli est reparti exactement sur les mêmes bases inégalitaires qu'avant.

Pour le peuple, la patience avait trop duré. Les gouvernements libéraux et sociaux-démocrates ont perdu leur crédibilité et le dégagisme a trouvé la sienne.

La troisième erreur a été morale. L'« élite » croit dur comme fer détenir la bonne stratégie, elle a bonne conscience. Regardez la croissance, insiste-t-elle, regardez la baisse du chômage à 5,4 % dans l'OCDE en 2019, une victoire, une preuve. Notre politique est la bonne. Les mécontents sont des « mal informés ». Regardez, surtout, les milliards d'emplois créés dans les pays pauvres grâce à la mondialisation et au capitalisme, à tort décrié. La pauvreté extrême est en recul historique, la mortalité infantile a été divisée par deux en trente ans, l'espérance de vie atteint 75 ans, contre 50 ans en 1960, et, contrairement aux discours des populistes, les inégalités mondiales ont baissé grâce une répartition de la production beaucoup plus équilibrée, entre le Nord et le Sud, entre l'Occident et l'Orient. Les « Objectifs du Millénaire » de l'ONU (lutte contre la faim et la misère, scolarisation...) sont atteints encore plus vite qu'annoncés, l'élite fait du bon travail. Les humains vivent plus longtemps et bien mieux, les progrès se diffusent à une vitesse inédite et prodigieuse.

Voilà la leçon de morale : pour la première fois depuis deux siècles, les populations du Sud ont enfin accès à la prospérité et à l'espoir d'une vie digne. Les Occidentaux de foi chrétienne ou simplement de culture démocrate, plus encore ceux d'engagement socialiste, devraient se réjouir et non récrier.

Cette belle consolation morale n'a pour effet évidemment que d'énerver ceux qui ont perdu leur emploi dans les vallées rouillées de la Lorraine ou de l'Illinois. Ils connaissent le chômage, la stagnation des salaires, la perte de l'espoir, et voilà qu'on leur lance cet appel moral qui sonne comme un ordre de se taire. Meurs en silence ! Pour la classe moyenne des pays riches, c'était s'en prendre à sa dignité.

Ces trois erreurs d'analyse politique, économique et morale sont ressenties comme un dédain de l'élite pour un peuple qualifié d'impatient, de désinformé, d'éruptif et d'égoïste. Le discrédit des politiques et des dirigeants de l'économie est alors devenu total. Le peuple attend toujours une réponse à son désespoir et à « sa-vie-qui-ne-va-pas ».

Dans le même temps les revenus du 0,1 % explosent, on vient de le voir sabrant le champagne sur son yacht. Le sentiment se répand que l'élite, les « riches », sont les uniques profiteurs du monde tel qu'il est. La civilisation occidentale avait établi naguère une autre morale : la réussite par le travail dur, l'amitié et la solidarité avec les gens de sa condition et le respect des usages du village, du quartier. Cette morale apportait sa dignité à toutes les classes sociales, y compris celles d'en bas. Aujourd'hui, tout est bafoué. Le travail ne paie plus, l'ascenseur social est bloqué voire descend, les règles du village, la civilité, la sécurité, volent en éclats. Rien ne fonctionne. Alors, entendre les élites donner des leçons de morale ! Des gribouilles. La colère s'est muée en rage.

Les populistes remportent des succès électoraux partout, en Pologne en 2006, en Hongrie en 2010, en Grande-Bretagne avec le Brexit en 2016, aux États-Unis avec le Tea Party à partir de 2010 puis avec le triomphe de Donald Trump en 2016. Tous les continents sont concernés, dont l'Asie aux Philippines en 2016. Tous.

Phase 2

La défaite de Donald Trump a offert une ultime défausse. Élu en 2016, le héros populiste est viré dès 2020. Son passage laisse certes des dégâts dans la société américaine, un climat de violence raciale exacerbée, un horizon en rien dégagé pour la classe moyenne, un isolement des États-Unis sur la scène mondiale. Mais ouf : est arrivé Joe Biden qui rétablit la Raison, qui agit vite et bien, en homme de grande expérience. Et il n'y a pas qu'aux États-Unis. En Italie, l'errance fut plus longue, de Silvio Berlusconi à Matteo Salvini, mais finalement Rome aussi a trouvé son vainqueur sérieux et volontaire en Mario Draghi. Ailleurs pareil. Le Brésilien Jair Bolsonaro sera remplacé rapidement, les frères Kaczynski rentreront dans les livres d'histoire en Pologne et même Viktor Orban, pourtant le plus instruit de tous, est menacé par une opposition unie, il risque de perdre le pouvoir lors des législatives en avril 2022.

L'élite se voit sauvée : le populisme n'aura vécu que les deux premières décennies du XXIe siècle. Un passage éclair au regard de l'Histoire. Tout rentre déjà dans l'ordre. Pourquoi cet échec si rapide ? Pour une raison évidente et très « rassurante » : les populistes sont des incompétents, ils échouent forcément. La différence entre le communisme et le populisme est que les deux défaillent immanquablement mais que pour le second, c'est presque immédiat. En peu d'années, quatre pour Trump, on en est débarrassé. Il suffit donc de rentrer la tête dans les épaules, de laisser passer l'orage et même, certains y songent en France, de porter le populisme au pouvoir pour « crever l'abcès », le liquider. Qu'un(e) populiste soit élu(e) et c'en sera vite fini de cette hypothèque, il (elle) débarrassera le plancher. La France sera vaccinée. Les marchés, l'économie, les investisseurs qui détiennent notre dette feront le travail de ramener en très peu de temps, en quelques semaines, un gouvernement extrémiste à la réalité des comptes. Bref, le danger ne serait que passager. Vaquons en conséquence à nos affaires usuelles. Ne nous occupons pas de toute cette histoire de populisme, des gilets jaunes, de la colère du « peuple ».

La défaite de Trump ne doit pas conduire l'élite à cette ultime erreur : il suffit d'attendre, ne changeons pas. L'Histoire roule pour nous.

Mais il y aurait encore plus grave. Que l'élite soit elle-même touchée par le déclinisme. Cernée, vilipendée, découragée, elle se résigne, elle se met à croire elle-même au crépuscule. Le peuple fou n'entend plus rien, c'est foutu.

Le retrait d'Afghanistan des États-Unis est vu comme le signal de la fin. L'Occident a échoué à exporter son modèle capitaliste et démocratique, il se replie sur ses bases arrière. En 1989, Francis Fukuyama célébrait la chute de l'URSS comme la victoire finale de l'Occident et « la fin de l'Histoire » : erreur funeste. Tout au contraire, l'Histoire passe son chemin et donne la main de l'Occident à l'Orient, de la démocratie aux régimes illibéraux, de l'îlot blanc à la multitude de couleurs. Fin ! Rideau sur la civilisation grecque, sur la mesure, le droit, la science et la raison universelle. Entrée irrémédiable dans le XXIe siècle des tensions, des convulsions, de la violence revenue, de l'irraison. Du nouveau Moyen Âge. De la barbarie.

La menace la plus grave est celle-là : que nous entrions dans l'hiver du découragement des élites occidentales. Si elles aussi pensent que leur modèle a perdu sa force, que la démocratie est trop molle, que le capitalisme est irréformable, que la technologie est incontrôlable et que le peuple est devenu fou, alors effectivement le combat est perdu.

La période renvoie aux années 1930, avant que le fascisme ne gagne. Elle appelle à relire *L'Étrange Défaite* de Marc Bloch. Quand, en 1940, l'élite française avait accepté d'avance la défaite.

Nous sommes entrés dans le populisme saison 2 : la post-vérité, l'irraison, le complotisme. L'échec des gouvernements populistes Trump, Bolsonaro, Boris Johnson, n'a pas échappé au peuple. Mais il n'en tire pas la même conclusion que l'élite. Si Trump a été battu, c'est que le « système » de l'élite est plus organisé et plus fort encore que le peuple ne le croyait naïvement, c'est qu'elle est capable de tout pour garder ses privilèges, jusqu'à truquer les élections. Loin de se ranger aux décomptes électoraux incontestables, ni aux « faits et arguments » que les pouvoirs institués lui présentent, une partie du peuple en vient à les nier tous et complètement. La défaite de Trump conduit à un désarroi total, à un plongeon vertigineux dans l'irraison.

Le danger pour l'élite n'est pas liquidé ni même diminué par sa défaite du populisme saison 1, il est amplifié. Plus de 74 millions d'Américains ont voté pour Trump. Amplifié et transmué. Les partisans n'espèrent plus rien des élections, elles sont truquées, la voie politique est barrée, comme l'est la voie économique depuis vingt ans par l'absence de réformes, le capitalisme ne change pas.

Il est temps que l'élite mesure le péril, s'en sente responsable, se dise enfin que le peuple a des raisons d'avoir perdu la raison.

DEUXIÈME PARTIE

La reconstruction

CHAPITRE 5

La modération radicale

Avant de répondre à l'interrogation que vous avez sur la langue – mais qu'est-ce que cet oxymore de « modération radicale », cette contradiction, cet impossible ? – je résume la situation. Donc nous sommes aux portes d'une nouvelle barbarie. J'aurais pu aussi parler de Moyen Âge, d'hiver, de temps sombres, de moment dément ou d'enfer sur terre puisqu'on va avoir sérieusement chaud.

Barbarie donc. Une barbarie particulière puisqu'elle naît de la percussion brutale des anciens démons de la division et la haine, d'une part, et d'autre part du surgissement de l'avenir. Le loup antique et l'ordinateur quantique. L'un a une gueule, l'autre un écran, les deux nous avalent. Et nous broient dans un mélange de régression primaire, de sauvagerie immémoriale et de science-fiction où, post-hommes, nous jouissons de capacités augmentées par des implants et des manipulations génétiques. Double terreur.

La barbarie du Moyen Âge n'a pas été qu'un recul dans les misères, les maladies et les bandes armées. La Renaissance s'y est préparée à bas bruit. C'est exactement la gestation que l'on cherche, un Léonard de Vinci à la place de Mark Zuckerberg, un François Ier dans le siège de Trump.

Non seulement « c'est possible », mais nous allons y arriver parce que nous savons ce qu'il faut faire et que nous avons les moyens intellectuels, financiers, scientifiques de le faire. Manque une seule chose : une foi civique. La confiance dans la victoire contre l'irraison. Y croire afin que les bons ébranlements qui sont en cours, le début de mobilisation ici et là, les changements de comportement et d'état d'esprit, chez les jeunes en particulier, les transformations de l'économie, les découvertes technologiques, se conjuguent et se fécondent. La question n'est pas « va-t-on y arriver ? » – on va y arriver parce que c'est la volonté profonde des peuples – mais comment accélérer ?

L'accélérateur, nous l'avons sous le pied. Première consigne : ne plus le confondre avec la pédale du frein, comme nous l'avons fait depuis vingt ans. La pédale des « mauvaises solutions » défensives : nationalistes, protectionnistes, populistes. La « restauration » d'un ordre ancien n'a jamais fonctionné. Les fondamentalistes idéologues ou religieux ont eu tort parce que les civilisations qui perdurent ont un logiciel *open source*. Ont tort les wokistes rouges, les obscurantistes verts, les souverainistes noirs qui veulent nous ramener à nos identités, nous pousser dans la décroissance, nous faire revenir en arrière. Tous les défis du siècle, la santé, le climat, la relance économique, les inégalités, les migrations, ne trouveront de « solution » qu'à l'échelle internationale. Les replis nationalistes, la fermeture des frontières, la défensive, sont des impasses. Aucun mur ne tient, les barbares passent, les virus aussi. Inventer une Renaissance ne se fera pas dans l'enfermement et la peur – la démonstration a été faite avec l'échec du populisme version 1 – mais, tout à l'inverse, par la consolidation des coopérations internationales et l'invention de nouvelles. La « bonne solution » est l'offensive.

Elle commence par la nécessité de sortir la conversation publique de ses bavardages rétrogrades et démagogiques et par espérer que les médias, un jour, accordent moins de place à la pensée buzzante des extrêmes pour ramener le propos à... la modération radicale.

La modération radicale, c'est conduire la voiture au milieu de la route, mais à fond. Au milieu parce que quand la tempête souffle les écarts sont inévitables, mieux vaut avoir de la marge à gauche et à droite, de quoi éviter les ravins de l'extrémisme stérile. À fond, parce que c'est le caractère du nouveau monde : il faut aller vite, transformer, surprendre et faire vibrer. Bomber sur la ligne blanche.

La modération est la Raison. Et la raison est au milieu. Quel ennui, le milieu ! L'heure est aux indignations, aux imprécations, aux braseros, aux cris, aux extrêmes ! La nuance ne se vend plus ! En solde[1] ! Insistons : la Raison est au milieu. La prudence n'est pas la « sotte vertu » moquée par les petits esprits.

Rappel nécessaire : à la philosophie greco-latine du milieu, nous devons – je reprends la liste de Max Weber – les fondements mathématiques de la science, la méthode Thucydide des faits en histoire, la doctrine juridique rationnelle propre au droit romain, l'harmonie musicale et sa notation, la croisée d'ogives et la perspective linéaire, une bureaucratie spécialisée, des parlements élus périodiquement et l'État comme institution ayant une Constitution écrite[2].

Aristote nous le dicte : « Les États où l'élément du milieu est large et si possible plus solide que les

1. Jean Birnbaum, *Le Courage de la nuance*, Seuil, 2021.
2. Pierre Bergounioux, *Faute d'égalité*, Tracts Gallimard, 2019.

deux extrêmes réunis, a toutes les chances d'avoir une Constitution bien bâtie. » Érasme, qui était lui aussi confronté aux bûchers des guerres de religions et aux dogmatismes, faisait l'éloge de la modération, du vin et de la conversation. Le grand sage ! Raymond Aron revendiquait d'être au centre pour faire face aux semblables idéologies fanatiques d'extrême gauche et d'extrême droite.

Merci à eux d'avoir tracé la ligne blanche : celle de la raison grecque, de la civilisation des Lumières et du capitalisme-démocratique-social-libéral. Cet ensemble a apporté à l'humanité, au-delà de toutes les dérives qu'on a vues précédemment, un progrès inédit de santé, de prospérité, de longévité, d'éducation, de sécurité et de réduction des inégalités mondiales. Un « progrès » magnifique qu'il faut corriger, pas renier. Voilà la « Raison » à laquelle il faut s'accrocher, qu'il faut défendre. Voilà la ligne.

Le « milieu » plutôt que le centre parce qu'on peut rester au milieu dans le mouvement, tandis que le centre est statique ; il ne bouge pas quand tout tourne autour de lui. Le milieu, c'est le centre sans l'indécision, le ventre mou, l'immobilisme.

Dans l'ère technologique où tout est mis en mouvement, nous avons besoin de rouler vite, le contraire de l'immobilité. L'immobilisme est, en réalité, le résultat des extrêmes, les champions du mouvement théâtral, de la posture, du joué et, une fois au pouvoir, du rien, rien de bien. Donald Trump n'a pas renforcé l'Amérique, il l'a affaiblie. Pour progresser dans la tempête, écouter tout le monde, viser la modération : le milieu.

Vitesse et volume

Pourquoi ajouter à la modération l'adjectif « radicale » ? À cause du changement mathématique de la société. La technologie l'a mise en mouvement, elle ne s'arrêtera pas, elle ne fera qu'accélérer. La société a dérivé au sens des fonctions dérivées : de la position, nous sommes passés au vecteur, à la vitesse et, dérivée seconde, à l'accélération. C'est un basculement « radical » et définitif.

La stabilité, la sécurité, la protection, étaient de bonnes stratégies dans le monde d'hier. Aujourd'hui, tout bouge tout le temps, il faut accepter le mouvement. Quiconque prône encore la stabilité (il faut revenir à des relations sociales « stables », à des statuts « stables », à des frontières...) passe à côté de notre époque de vitesse. Aucun « programme politique » n'a pu être tenu depuis trente ans, ils ont tous été bousculés par les hasards de l'histoire, les crises, les virus. Tous ont été rendus caduques. Candidats politiques, ouvrez les yeux, cela arrivera de nouveau, faites une dérivée mathématique de votre ambition, il ne vous faut plus des « programmes » mais des « procédures ». Une manière élaborée de savoir ajuster le cap, d'imaginer des nouvelles mesures, de conduire le convoi sans qu'il se rompe et perde des chariots, de faire appliquer les décisions et, enfin, de s'expliquer.

Edgar Morin parle lui aussi de « voie ». Une mise en route avec, tout le long du chemin, ce qu'il nomme une « conjugaison » entre unité et diversité, entre mondialisation et démondialisation, entre centre et périphérie, etc. Conjugaison est un autre terme pour compromis, pour modération. Morin demande « une pensée complexe », une sortie des logiques binaires, autrement dit d'avancer au milieu[1].

Le mouvement, c'est logique, est un déracinement, un déménagement. La rupture avec sa maison, son origine, son lieu de naissance, sa classe sociale et *tutti quanti*. Mais comme la nature a horreur du vide, les gens atomisés se regroupent par affinités. Ont émergé sur Internet de nouvelles adhérences autour des sensibilités, des « émotions », comme dit Pierre Rosanvallon[2]. On avait compris depuis longtemps la force des symboles, voilà qu'en importance, ils passent devant les chiffres et les faits. Ces adhérences sur Internet définissent l'époque. Les appartenances d'hier étaient solides, stables, larges, « en masse » mais souvent raisonnables. Celles d'aujourd'hui sont

1. Edgar Morin, *Changeons de voie. Les leçons du coronavirus*, Denoël, 2020.
2. Pierre Rosanvallon, *Les Épreuves de la vie*, Seuil, 2021.

liquides, volatiles, émotionnelles, fantomatiques et parfois irraisonnables.

L'auteur italien Alessandro Baricco[1] en tire la conséquence : « Nous avons échangé la sécurité pour l'intensité », dit-il. « Le désir de piquer une crise est beaucoup plus fort que les arguments pour le faire. » Phrase lumineuse. Internet autorise « une réaction aveugle, disproportionnée, instinctive, irrationnelle, physique, animale » mais… mais qui rassemble ! La « mutinerie » redonne un lien social facile. Et voilà pourquoi les partisans de Trump, les gilets jaunes ou les antivaccins n'arrivent pas à lâcher le morceau. Les plateformes les attachent. Elles ont un succès « social » mondial auprès de milliards de gens. On ne reviendra pas en arrière. Il faut entrer dedans ce monde-là, c'est le nôtre.

À la vitesse, j'ajoute le volume. « Il faut faire gros », a dit Janet Yellen, ministre de l'Économie de Joe Biden, en versant pas moins de 3 000 milliards de dollars dans la reconstruction américaine. Ce devrait être vrai de toutes les décisions publiques du XXIe siècle : les enjeux sont énormes, la démocratie, la planète, la science, on ne gagnera que des déceptions avec des petites mises et des petites lois. Le radicalisme n'est pas celui de la ligne qu'il faudrait extrémiste, révolutionnaire, non, la ligne est au

1. Alessandro Baricco, *The Game*, Gallimard, 2019.

milieu, mais il provient de la vitesse et du volume. On le verra concrètement sur le capitalisme et sur le climat.

Reprenons : accélération et intensité, le monde neuf est à la fois technologique et émotionnel. Et voilà pourquoi, à cause de cette double dimension, seule la modération radicale est capable de conduire sans embardée, au milieu de la route, vite, avec force mais doigté.

Qu'est-ce à dire le milieu ? Qu'il faut une Raison large capable de se mettre dans la tête des autres, de voir la raison des autres, du populiste, du complotiste, de l'anti-passe sanitaire, du gilet jaune et de tous leurs amis. Ils ont eux aussi une « raison », ils se sentent perdants. Et de tout temps, le malheur a été une bonne raison de se mutiner.

Quelqu'un incarne suprêmement la radicalité à la fois mathématique et émotionnelle et vous l'adorez tous, j'ai nommé Albert Einstein. Il inspire : il a d'abord inventé la « relativité restreinte » avant de passer à la « relativité générale ». La « Raison restreinte », celle de l'élite, la rationalité triomphante de papa, celle des faits et des arguments, devra s'ouvrir à une « Raison générale », raisonnable *et* sensible, qui comprenne que « le sentiment d'être malheureux » est une « raison » dans la saison des émotions. La modération radicale est cette raison générale.

Exercice immédiat d'application : revoyons les cavaliers de l'Apocalypse du deuxième chapitre, avec l'œil de la raison générale.

L'individualisme ? Mais vive l'individualisme ! Ne regrettons pas la société de masse des Trente Glorieuses. Mai 68 s'est heureusement insurgé contre ces règles rigides des classes « stables », ces prisons bourgeoises et ouvrières. La nostalgie est idiote. Que chacun soit regardé comme une individualité, quel progrès ! L'excès tocquevillien a été de tomber dans une société des égoïstes où le lien est perdu. Il y a bien aujourd'hui quelques collectifs, des communautés, des identités, mais aucun ne fait société, il faut un collectif « général ». C'est lui qu'il faut rétablir, pas l'individualisme qu'il faudrait supprimer. Ou plutôt inventer un nouveau collectif « général » qui colle à l'époque, qui soit comme les plateformes, à la fois efficace, vibrant et mondial, puisque la civilisation technologique est mondiale.

Pour cela, préalable : convaincre que ce « général » existe toujours. Il faut repousser les idéologies de droite qui le nient. Les libéraux ultras comme Mme Thatcher, qui disait qu'il n'y avait pas de société mais seulement des individus. Ceux à droite qui veulent nous restreindre à nos identités étroites et irréconciliables. Ceux de gauche, à l'idéologie plus nouvelle, plus en vogue, plus dangereuse, qui renoncent à l'universel, comme on l'a vu plus haut avec le wokisme.

Un « quelque part » impartial existe, un même universel se niche au fond de nous tous. Chacun est remué, mondialement, de la même façon. L'universel convoque une même âme dans tous les humains de la terre, mise là par la grâce de Dieu, par une éthique, par un sens inné de la justice, par l'instinct de survie de l'espèce, que sais-je, mais qui est commune.

Deuxième cavalier révisé par la modération radicale : l'émotion. On peut regretter la place excessive du « ressenti » et la psychologisation comme je l'ai fait. On peut aussi voir l'autre côté de la pièce : une dénonciation du matérialisme excessif de la société marchande du XXe siècle. Le XXIe sera plus spirituel, plus moral, plus éthique ? Tant mieux !

Troisième cavalier : la post-vérité. Post ou autre vérité ? Quand Jake Angeli, l'homme aux cornes de bison, hurle contre la captation du pouvoir par l'élite, il a démocratiquement tort (l'élection a donné Biden comme vainqueur), mais il a fondamentalement raison : l'élite « tient » toutes les places du pouvoir et n'écoute pas le peuple. La démocratie américaine accorde beaucoup trop de pouvoir à l'argent des lobbys. L'autre « vérité », je me répète, est qu'une majorité des gens se dit malheureuse et que c'est anti-démocratique de ne pas l'entendre, de ne pas corriger radicalement le « système ».

La peur, quatrième cavalier ? Ici, non. Les gens ont tort d'avoir peur. La peur, contraire au courage grec, est toujours une mauvaise Raison. « N'ayez pas peur », l'injonction du pape Jean-Paul II sonne juste. La modération dicte de refuser de jouer avec les peurs, elle dicte d'en défaire les causes.

J'arrête l'exercice ici. Le lecteur a compris le truc : entendre les raisons des autres pour trouver la raison générale et se mettre au milieu.

Retrouver Rawls

Pour aller où ? Le convoi mené par la modération radicale prend quelle direction ?

Prenons le meilleur GPS intellectuel disponible : John Rawls. Le philosophe américain a eu des heures de gloire éphémère dans les années 1970 et 1980, quand son livre *Théorie de la justice* (1971) a servi de point d'appui à « la Troisième Voie » de la gauche du trio Clinton-Blair-Schröder. Il y vantait « l'égalité des chances » et « l'équité » et c'est pourquoi il a été assassiné par la gauche anti-libérale pour qui « l'égalité des chances » est un leurre qui ne résout rien et ne sert qu'à prolonger la vie du capitalisme. Sous le trio Clinton-Blair-Schröder, les inégalités ont, en effet, explosé. Emmanuel Macron, qui avait adopté cette ligne au début, s'est fracassé sur les gilets jaunes. Rawls aux oubliettes !

Erreur. Il faut revenir aujourd'hui à lui. La *Théorie de la justice* est une œuvre maîtresse, la réflexion la plus élaborée sur ce que doit être la justice sociale dans une société complètement individualisée comme la nôtre. L'économiste Michel Aglietta, que j'admire depuis toujours et qui a été le professeur phare de tous les « Alternatifs », dit de John Rawls qu'il est « incontournable ». Caution en or.

Que pense Rawls ? Que la justice est « la première vertu » des sociétés. Nous sommes bien dans le cadre grec. Chaque individu doit être équipé d'un bagage qui lui assure la possibilité de s'émanciper (une « capabilité », dira son élève indien Amartya Sen, prix Nobel 1998). Un gouvernement doit donner à tous ce bagage, un *empowerment*, un accès à ce qu'il nomme les « biens premiers », c'est-à-dire « ce dont les individus ont besoin pour mener une existence rationnelle », et pour gagner *in fine* « le respect de soi ». La liste des biens en question a fait l'objet de beaucoup de textes et d'ajouts mais on retient : la liberté, les droits, l'éducation, la santé, on ajouterait aujourd'hui une planète vivable. Rawls donne un critère essentiel : la société n'est pas juste tant que l'individu le plus en bas de l'échelle n'a pas trouvé le moyen de la grimper.

Insistons sur les points clés. D'abord, la justice apparaît non comme un état mais comme un « processus », nous sommes dans le mouvement du monde neuf. Ensuite, la justice est « un exercice de raison ». Les gens libres (équipés du bagage) sont raisonnables, on retrouve la conviction d'universalité possible. La théorie de Rawls est « constructiviste », à rebours de la « déconstruction » des philosophes des années 1970 sur lesquels se fonde le wokisme. Elle est positive, tous les individus de toutes les identités peuvent y arriver. Autre point clé : les « biens premiers » sont ce « collectif général » que nous cherchons. Rawls revalorise magnifiquement ce collectif par où passent la liberté et la justice. Enfin, comme le relève Catherine Audard : Rawls retient qu'au-delà des intérêts rationnels, « la demande de justice sociale est une demande de reconnaissance ». « Respect de soi », autrement dit « dignité », c'est bien ce que le peuple a perdu et que nous recherchons en premier[1] !

[ATTENTION] La faiblesse de Rawls apparaît immédiatement : la difficulté d'un gouvernement à « équiper » vraiment tout le monde des armes de son émancipation. Elle relève aussi de son socle, « la coopération raisonnable entre citoyens raisonnables », qui frise l'idéalisme. Enfin, le système capitaliste est

1. Catherine Audard, *La Démocratie et la Raison*, Grasset, 2019.

devenu plus rude, il bipolarise le terrain social entre le haut diplômé et le bas précaire, il vide la classe moyenne, ce que n'avait pas prévu Rawls. Ces critiques sont recevables. La route est chaotique. Mais on l'a. On sait où aller et comment.

Je retiens aussi l'aspect « radical » de la théorie. Le concept de l'égalité d'accès aux « biens premiers » force à réviser la logique statutaire et syndicalisée des services publics. La gauche bien sûr est vent debout contre Rawls et, avec elle, une partie de la droite pour qui le social n'est pas le chemin de la liberté mais rien d'autre qu'« un chèque pour avoir la paix ». Rawls volatilise la conception fainéante de l'État-providence d'un « assistanat » toujours plus large, d'aides toujours plus élevées, financées par des impôts toujours plus lourds. La gauche aujourd'hui ne parle que de redistribution, Rawls veut attaquer les inégalités à la racine, dans les entreprises, avec l'actionnariat pour tous, souligne Catherine Audard. Nous allons reparler de cette « participation » dans le chapitre suivant sur le sauvetage du capitalisme.

La réhabilitation de John Rawls trace la ligne blanche de la « modération radicale ». La société s'affirme individualiste, l'État est réhabilité en grand pour armer les individus afin qu'ils s'émancipent, les « équiper » des biens premiers pour qu'ils se protègent et qu'ils puissent devenir responsables d'eux-mêmes.

Enfin, troisième pilier, le capitalisme doit être réformé pour ne plus exclure. Cette ligne rappelle que la société occidentale ne doit pas s'égarer dans de louches révolutions ou se perdre dans des rêves d'utopies extrémistes. On peut imaginer tout changer, la réflexion est toujours utile. Mais en attendant, le « système » en place dans les sociétés occidentales, c'est-à-dire la démocratie plus le capitalisme à la fois libéral et social, est le meilleur dont nous disposons. Il a été dévoyé, il s'agit de le réparer enfin et sérieusement. Les « raisons » qui accouchent des irraisons doivent être saisies et éliminées. Mais il faut se faire le défenseur acharné du capitalisme, du libéralisme, de l'État social et de la démocratie en y apportant trois transformations radicales.

La première concerne l'égalité des chances. L'individualisme, philosophie de la liberté, ne peut tenir la distance que si chacun est véritablement équipé d'un « bagage » qui lui offre toutes ses chances, non pas seulement au départ dans la vie mais à tous les âges, autrement dit une deuxième, une troisième chance, etc. Les réformes pour y parvenir sont hautes : individualiser l'éducation et la formation permanente et réviser beaucoup de politiques publiques pour les aligner sur l'*empowerment* (par exemple donner un logement gratuit aux étudiants, aider à la mobilité des licenciés, etc.). Mais cet *empowerment* suppose surtout un retournement de logique.

L'État social est actuellement appelé à toujours protéger plus les citoyens. Peter Sloterdijk a raison, l'État-nounou s'enferme dans l'impasse de l'infantilisation. Le « toujours plus de protections » est une arme à se tirer dans le pied : à vouloir protéger, l'État n'en fera jamais assez. Si, comme on l'a vu, l'insatisfaction première du peuple relève d'une atteinte à sa dignité, l'aide publique n'est pas la solution, quelle que soit la somme qu'on y consacre. La seule bonne réponse relève de la responsabilisation. L'État social doit apprendre à responsabiliser, c'est-à-dire à parler à des citoyens et non à des administrés ou à des blessés. Difficile ? Pas forcément. La vaccination contre la Covid a montré qu'avec une bonne pédagogie, les individus comprennent que la protection de chacun fait la protection de tous. Le collectif n'est pas mort, juste enfoui. Mais il est vrai qu'il s'agit d'une conversion à 180 degrés du rôle que se donne l'État.

La deuxième transformation est de rétablir ce « collectif ». La perte de confiance des populations provient de sa disparition et de la chute dans l'égoïsme. La racine du mal n'est pas tant le capitalisme qui aurait individualisé à outrance et atomisé les classes sociales que la perte d'efficacité, réelle ou supposée, des collectifs d'hier locaux, nationaux et internationaux. La reconstruction ne sera pas la même dans chaque pays. Aux États-Unis, il s'agit d'abord de donner des droits sociaux élémentaires (éducation, santé gratuites). En

Europe, la situation est différente, ces droits y sont en principe assurés. En France, la perte de crédibilité des institutions collectives est particulièrement forte à cause des failles de l'État malgré sa taille, son coût et surtout de la multiplicité des strates de décisions. Partout, le pouvoir a deux défauts, il paraît impuissant devant les défis du siècle et il est lointain.

Il est l'heure d'imaginer de nouvelles façons radicales d'exercer le pouvoir et de susciter des adhésions « collectives ». Un local très participatif, un national plus recentré et un international complètement redynamisé : la carte doit être redessinée dans des systèmes *ad hoc*, plus souples et partagés avec les organisations non gouvernementales et les mouvements civiques, comme le préconise Jean-Marie Guéhenno[1]. Il s'agit d'un gros travail conceptuel, à chaque niveau, afin de marier l'efficacité et l'adhésion et de reconstruire une confiance. Le sentiment d'impuissance de la politique ne sera combattu, pièce par pièce, que par une action sur les trois niveaux. Insistons sur l'international : la coopération multilatérale est la clé unique pour réussir face au climat, au terrorisme et à la rudesse du capitalisme.

La troisième transformation porte sur cette réforme du capitalisme, le sujet du chapitre suivant.

---

1. Jean-Marie Guéhenno, *Le Premier XXIe siècle. De la globalisation à l'émiettement du monde*, Flammarion, 2021.

Reste à trouver un héros rawlsien. Périclès, stratège d'Athènes vers 500 ans avant J.-C., réunissait les traits qu'il nous faut réunir au XXIe siècle : le savoir et la communicabilité, l'efficacité et la rigueur, l'habileté et la droiture, le bon « naturel » et l'expérience acquise, la lucidité précautionneuse et l'héroïsme[1]. Rares les Périclès ? En tout cas, mieux qu'Angeli et Raoult, non ?

1. Pierre Aubenque, *op. cit.*

CHAPITRE 6

Réparer le capitalisme

Au village de l'économie, il existe une potion magique. Comme dans Astérix.

Ce sont les « gains de productivité », un terme repoussoir pour quelque chose de simple : une amélioration de la production soit par des machines plus performantes (la technologie), soit par des ouvriers plus efficaces (l'éducation-formation), l'idéal étant évidemment d'avoir les deux. Ces gains de productivité sont l'élixir de l'économie, ils constituent le moteur ultime de la croissance de long terme et permettent une amélioration justifiée et saine (sans inflation) des rémunérations. Les pays les plus productifs sont les plus prospères, c'est aussi simple que cela.

Le malheur et le cœur de la crise du capitalisme depuis trente ans ont été l'épuisement constaté des gains de productivité. Ils grimpaient d'environ 4 % par an jusqu'en 1975 (chiffre américain mais qui vaut pour tous les pays) pour tomber à un lamentable 1 %. La vraie cause de la faiblarde croissance, de la crise sociale et du désarroi de la démocratie est là. C'est la graine de tout. Pourquoi cet épuisement ? L'économiste Robert Gordon s'est fait une réputation mondiale en expliquant que les inventions d'aujourd'hui (Internet) sont « improductives », elles ne facilitent pas la vie des gens autant que celles d'avant. Lancer des conversations en 140 caractères ne constitue pas une avancée fulgurante pour l'humanité.

À cette explication techno-sceptique s'en sont ajoutées beaucoup d'autres, comme la faiblesse des investissements dans les infrastructures publiques (selon l'économiste Larry Summers). Mais le mystère de l'épuisement n'est pas levé.

Or, il se trouve que ces dernières années, les statistiques de productivité ont bondi, revenant vers les 4 % l'an. Comme si le coronavirus avait « débloqué » des transformations productives tels les vidéoconférences et le télétravail. Comme si les entreprises, ayant été forcées de réviser toutes leurs procédures à cause des confinements, avaient enfin trouvé à exploiter toutes les potentialités des technologies informatiques. Nous ne serions qu'au début de ce regain de la productivité puisque la majorité des entreprises ont multiplié les plans pour se digitaliser rapidement et entièrement.

On découvre à cette occasion ce qui a été vrai de toutes les révolutions techniques : un déroulement en forme de courbe en J. Au XIXe siècle, l'électricité avait mis longtemps avant de s'imposer. À ses débuts, elle complique les productions avant, d'un coup, de les transformer et d'entraîner la productivité. On assisterait au même J pour la high-tech d'aujourd'hui.

Ce déblocage des freins permis par la pandémie, s'il se confirme, serait la meilleure nouvelle pour le capitalisme : enfin le ciel s'éclaircit ! Grâce à la potion magique des gains de productivité, la croissance pourrait repartir et retrouver « du grain à moudre ». Les salariés pourraient renouer avec les augmentations et *in fine* l'ascenseur social se réparer. Monde des merveilles.

Au passage, on souligne le tournant couleur dorée : la technologie qui a été depuis trente ans la source des suppressions d'emplois et de la déqualification de toute la classe moyenne sans diplôme, bref une méchante technologie robotisante, deviendrait tout l'inverse, une bonne technologie stimulante, source de gain salarial, de retour à une « carrière » possible et du droit à l'espoir. On reviendra plus loin sur ce changement de visage de la technologie car il est engagé encore trop timidement. Retenons pour l'instant avec Jean-Hervé Lorenzi et Alain Villemeur qu'il faut stimuler « les investissements d'expansion » et limiter « les investissements de rationalisation »[1].

Pour l'instant, constatons qu'une lumière s'est allumée au bout du tunnel. Les salaires d'abord : ils ont reçu aux États-Unis un coup de pouce de 4,6 % sur un an à l'automne 2021. Est-ce le premier fruit de la productivité ? Ou bien est-ce dû à un autre bon effet de la Covid ? Le rapport de force. Les salariés ont exigé des meilleures rétributions pour reprendre le boulot et les entreprises en manque de personnel ont dû accepter : les rémunérations dans la restauration ont bondi de 20 % ! Ou bien est-ce la politique ? La conséquence des hausses du smic que plusieurs États américains ont décidées et que Joe Biden veut généraliser ? Il n'y a pas qu'aux États-Unis : ces dernières années, les smic ont été relevés de 25 % par rapport à la moyenne des salaires dans l'OCDE. Est-ce, enfin, la démographie qui a commencé à faire jouer sa force tellurique ? Avec le départ en retraite des générations nombreuses du baby-boom, le rapport entre l'offre et la demande de travail s'inverse, les entreprises vont devoir mieux payer pour attirer des travailleurs et les conserver. Le dessin général des deux années passées est un univers beaucoup plus en faveur du travail.

1. Jean-Hervé Lorenzi et Alain Villemeur, *La Grande Rupture*, Odile Jacob, 2021.

Le rebasculement est historique : le curseur entre capital et travail, positionné à droite depuis les réformes Reagan-Thatcher, est en train de repartir dans l'autre sens, vers la gauche. La pandémie accélère de façon inattendue ce recentrage radical de l'économie, le capital perd sa primauté. La Grande résignation des salariés depuis trente ans est-elle finie ?

Prudence, cette réparation du capitalisme reste incertaine et fragile. Rien n'est acquis. Mais on a bon espoir qu'elle se consolide pour deux raisons. La première est la prise de conscience politique que le capitalisme est allé trop loin.

L'élection de Joe Biden, dans le pays capitaliste encore largement dominant, est un marqueur. Le nouveau président est fermement attaché à ce que « le travail dur soit récompensé ». Son ambition déclarée est de « changer le système » en faveur des classes moyennes. La crise financière de 2008 avait montré le danger de la finance, la crise sanitaire de 2019 a remis la solidarité au premier plan : les deux ensemble ont transformé le contexte idéologique.

Le président américain veut augmenter le smic, relever les impôts sur les sociétés, redynamiser les syndicats, casser les monopoles et tourner la page du « capitalisme libéral ». On verra ce qu'il pourra faire. Mais déjà, sa décision d'imposer un impôt minimal de 15 % sur les sociétés et l'accord qui a suivi au sein de l'OCDE à ce sujet constituent un excellent début. Le socle de 15 % est encore faible mais il s'élèvera. Et la décision conjointe de taxer les GAFA en fonction de leur chiffre d'affaires par pays complète cette reprise en main. Depuis quarante ans, les gouvernements se battaient pour être « mieux-disants », avec les impôts les plus faibles pour faire venir les multinationales sur leur sol. Un dumping fiscal, une concurrence entre les États, qui n'a servi qu'à les appauvrir et qui n'a profité qu'aux géants économiques mondiaux. La décision de Biden inverse la logique. La concurrence délétère cède la place à la coopération entre États.

La volonté européenne d'introduire des minima sociaux en son sein est du même type à l'échelle de l'Union. Les politiques veulent partout reprendre du pouvoir sur l'économie : s'entendre est la seule voie.

Précédant ce mouvement d'abandon des politiques fiscales reagano-thatchériennes, l'orthodoxie budgétaire et monétaire avait déjà été rangée dans les tiroirs. Lors de la pandémie, le Fonds monétaire international (FMI) a félicité les gouvernements pour avoir versé des aides aux ménages et aux entreprises sans compter (le « quoi qu'il en coûte » d'Emmanuel Macron). Mais le FMI est allé plus loin en demandant que les mesures de soutien soient maintenues « aussi longtemps qu'il le faudra », dernier clou dans le cercueil de l'orthodoxie budgétaire. Les banques centrales ont dans le même temps pris un virage parallèle en mettant *de facto* entre parenthèses leur objectif d'inflation de 2 % et en inscrivant à leur fronton que l'emploi est aussi un objectif officiel.

La politique macro-économique a changé de « consensus » : l'État n'est plus « le problème », il est devenu le « bien commun » qu'il faut reconstruire. Tant pis pour les dettes accrues, on verra plus tard : l'heure est à un réinvestissement « massif » dans les infrastructures, dans l'école, dans les hôpitaux, dans la recherche, afin de sauver la classe moyenne.

Un dernier argument se trouve en Chine. Le succès de l'empire du Milieu montre qu'un État n'est pas condamné à mal faire. Il fait là-bas la démonstration du contraire. Un pays dirigé avec intelligence, focalisé sur le long terme, doté d'une politique industrielle, qui a triplé conjointement le smic et la recherche et développement en vingt ans, ne fait pas qu'attirer les illibéraux admirateurs des régimes forts, il force tous les démocrates à réfléchir.

Deuxième raison, micro-économique celle-là, de la petite lumière au bout du tunnel : le management. Voilà dix ans que certains chefs d'entreprise ont compris que la société civile, à commencer par eux, devait s'impliquer pour tenter d'améliorer les choses, chacun à sa place. Ils ont compris parallèlement autre chose : le management hiérarchique à l'américaine (« top-down ») devient moins efficace, il correspond de moins en moins au goût de l'époque. Les salariés sont éduqués, ils ne veulent plus être dirigés sans broncher comme leurs parents. La société veut du participatif, comme sur Internet.

Ces deux courants, l'engagement civil et le management participatif, se sont réunis dans la Responsabilité sociale des entreprises (devenue depuis sociétale), la RSE, ou ESG en anglais (Environmental, Social and Governance). La RSE se donne pour but d'améliorer le sort de ses salariés et de ses sous-traitants, de minorer l'empreinte écologique et de se comporter en conformité avec une « charte éthique » adoptée et rendue publique.

La RSE a longtemps été critiquée comme une pure communication et une tactique de nettoyage (le « greenwashing »). Mais avec Internet, la crainte des chefs d'entreprise est de voir s'effondrer leur « réputation » lorsqu'est découvert un mauvais comportement (le travail des enfants dans une filiale lointaine, une production polluante, une fermeture d'usine sans gants...). La RSE a gagné en sérieux.

Les organisations internationales l'ont reprise (ONU, Banque mondiale, OCDE puis Commission européenne) pour en faire des Pactes d'engagement, des directives, des normes. Des ONG et des agences sont nées pour se charger de faire des vérifications et des classements. Une finance « verte » ou « durable » s'est spécialisée dans les placements « éthiques », elle mobilise des milliards de dollars d'épargne de ménages qui se sentent concernés par une bonne cause ou une autre. Le coronavirus, encore lui, a apporté sa pierre : les confinements ont montré des soignants « essentiels » aux premiers rangs et des salariés privés tout autant en première ligne (grandes surfaces). Des démonstrations de soutien à ces soldats des tranchées ont été organisées, illustrant une « solidarité » parfois affectée mais souvent sincère des opinions publiques. La société redécouvre le « bien commun ». La RSE est aujourd'hui montée au niveau des comités de direction.

La publication à l'été 2019 par la Business Roundtable d'un appel à renoncer au capitalisme actionnarial pour revenir au « capitalisme partenarial » est, au pays de l'actionnaire-roi, une proclamation. Les réactions ont été favorables dans tous les autres pays développés, même le *Financial Times* y est allé de « son soutien précautionneux ».

Tout cela donne une ambiance. Une lumière de productivité s'est allumée au bout du tunnel, un rééquilibrage s'opère dans le rapport de force entre travail et capital, les gouvernements ont un ton nouveau et on observe un début de changement des pratiques managériales : le capitalisme a commencé à se réformer par lui-même.

Ce n'est pas rien !

Mais c'est évidemment insuffisant. Trop lent et trop petit. Trop lent parce que les habitudes ont la vie dure, parce que les pouvoirs établis, les conservateurs, les actionnaires, la finance, sont encore largement dominants. Trop petit parce que le capitalisme n'affronte pas encore ses vrais vices, tels que listés dans le chapitre précédent : les inégalités, le besoin de collectif, le rendement, les bons emplois.

Comment s'y prendre ?

Il n'y a pas de solution magique, encore moins de Grand Soir. La réparation du capitalisme est une rivière aux multiples affluents, elle grossira d'une conjonction d'efforts dans tous les domaines. La priorité pour les gouvernements est de renforcer les bonnes tendances que l'on vient de décrire. Avec deux armes.

La première est de relever singulièrement le niveau général d'investissement public et privé dans l'économie pour solidifier les gains de productivité. Nous entrons dans une ère nouvelle hyper-technique, les besoins en capitaux sont énormes, tout doit être mis en place pour les mobiliser, à commencer par les soutiens fiscaux. Les plans de relance post-Covid ont illustré le retour d'un État qui investit avec ampleur. Mais il ne s'agit pas seulement d'investissement. L'innovation doit être encouragée dans toutes les entreprises, elle doit être libérée chez chacun. La réussite de l'Occident était celle de « l'expression de soi », il faut que les entreprises réapprennent que « le dynamisme vient de la base et produit une innovation endogène », note le prix Nobel Edmund Phelps. Il explique le ralentissement de la croissance de ces dernières décennies par cet oubli des gouvernements et des chefs d'entreprise que la créativité est le fruit de tous[1].

La deuxième concerne les « biens premiers » de Rawls, « ce dont les individus ont besoin pour mener une existence rationnelle ». Ils sont le creuset du « collectif » qu'il faut ressouder à côté de l'émancipation des individus qu'il faut viser. Les services publics de l'État-providence sont en défaut, ils ne correspondent plus à l'attente à la fois individualiste et néo-collective. L'adaptation à l'ère nouvelle demande de l'invention et de la résolution. Lorsque Franklin Roosevelt avait mis en place la politique du New Deal en 1933, il n'avait pas tout préparé d'avance dans sa tête mais il avait ce que nous avons nommé une procédure, il demandait « des expérimentations audacieuses permanentes ». C'est ce qu'il faut à nouveau, de la créativité et du pragmatisme, comme le préconisent aujourd'hui les prix Nobel Esther Duflo et Abhijit Banerjee[2].

1. Edmund Phelps, *La Prospérité de masse*, Odile Jacob, 2017.
2. Esther Duflo et Abhijit Banerjee, *Économie utile pour des temps difficiles*, Seuil, 2020.

Comment parvenir à mettre les administrations « en mouvement » ? La transformation des services publics fait partie des programmes politiques depuis vingt ans mais en dehors de la Suède et du Canada, qui ont remplacé les ministères par des agences au statut copié sur le privé, toutes les autres tentatives « douces » ont eu un coût élevé et un aboutissement lent.

[ATTENTION] Le bilan n'est pas si négatif. Modérons les jugements. En France, les services publics ne marchent pas si mal. Mais ils coûtent beaucoup pour une efficacité faible. Il faut radicalement accélérer. Insister sur la seule bonne politique : supprimer les « statuts » pour introduire de la souplesse, de la mobilité, de l'ouverture dans l'ensemble de la fonction publique. Les agents doivent se vivre comme les premiers soldats du mouvement, il faut qu'ils s'impliquent et, dès lors, qu'on les écoute. L'État est de retour, il faut qu'il soit efficace dans la livraison individualisée, rapide, digitalisée des « biens premiers » dus aux citoyens.

Les biens premiers ne se résument pas aux services publics. L'oxygène et la bonne température de la Terre, la diversité écologique en font partie, par exemple. Le raisonnement économique indique qu'il faut leur donner « une forte valeur » pour que leur offre augmente ou un coût élevé par des taxes pour qu'elle diminue. C'est le rôle de l'État. Michel

Aglietta met la taxe carbone au chapitre de ces politiques : le carbone plus cher sera moins consommé. La fiscalité est l'arme première mais sans doute pas la seule. Pour aller plus loin, avec Jacques Attali, il faudrait promouvoir la valeur de tous les secteurs économiques « de la vie » comme l'éducation, la santé, la culture, par rapport aux anciens secteurs des biens matériels[1]. S'ouvre, on l'a compris, un immense chapitre de recherche sur les stimulations nécessaires. Mais l'idée est là : l'État doit déplacer le capitalisme vers « la vie », comme ce fut fait lors de la crise Covid.

Je voudrais ici, pour ouvrir le débat, donner trois axes de ce déplacement dans la « modération radicale » : la fiscalité, la finance et l'actionnariat. Les donner avec retenue, je sais que j'avance des réformes considérables, mais il s'agit de directions à prendre, de mise en mouvement.

Le moment est historique. Les dirigeants des plus grands pays sont prêts à bouger, à commencer par Emmanuel Macron, Joe Biden, Mario Draghi et Olaf Scholz. Ils peuvent s'entendre pour relancer la coopération internationale sur les trois sujets. La nation reste le niveau adéquat pour les services publics à l'ancienne (et encore, l'intelligence artificielle fera vite sauter les frontières comme dans

1. Jacques Attali, *L'Économie de la vie*, Fayard, 2020.

l'éducation) mais pour tout le reste, c'est-à-dire pour 80 % des problèmes, les solutions relèvent d'accords internationaux.

Premier axe : la fiscalité. À chacun selon ses besoins. Aux États-Unis, la fiscalité doit être relevée nettement, impôts sur les revenus et sur les sociétés, pour venir non pas aux 70 % évoqués par Thomas Piketty ou John Rawls lui-même, mais au niveau européen (40 %), afin de payer des dépenses sociales du même type. Les économistes américains démocrates ont trouvé un quasi-consensus là-dessus[1].

En Europe, le sujet principal n'est pas de « taxer les riches ». Les inégalités de revenus sont contenues, hormis le 0,1 % mais celui-ci récompense en général l'innovation que l'on doit absolument promouvoir sur le Vieux Continent. Il faut plutôt harmoniser les impôts et taxes au sein de l'Union, le chantier « prioritaire », avait dit Valéry Giscard d'Estaing avec raison. Les inégalités « hors revenu » sont les plus destructrices en Europe ; en France, celles de l'éducation et du logement.

Féconde est l'idée avancée par des économistes, de basculer progressivement des paquets de milliards d'euros du social vers la jeunesse. Miser sur l'avenir plutôt que le présent. Le revenu-jeune est une fausse

---

1. « We Have the Tools to Reverse the Rise in Inequality », Olivier Blanchard et Dani Rodrik, conférence du Peterson Institute for International Economics, novembre 2019.

bonne idée : recevoir de l'argent de l'État ne fait pas prendre le chemin de l'émancipation. Jugement similaire pour le revenu universel : la réalisation de soi passe par le travail. Mieux vaudrait offrir à tous les étudiants un logement gratuit et, pour cela, reconstruire des cités universitaires.

Deuxième axe : la finance. L'argent gratuit a contribué à un embonpoint de la finance très excessif par rapport au secteur productif. Pour schématiser, il est temps de réduire sa taille par deux. La hache doit frapper les fonds et les produits complexes spéculatifs qui s'amusent, dans un jeu mathématique, à couvrir les risques, puis couvrir la couverture, etc., sans plus aucune « utilité » pour l'économie réelle. L'argument des financiers d'être les agents de « l'allocation optimale des capitaux » ne camoufle plus qu'une large partie de la profession ne travaille plus que pour elle-même. Aux économistes de trier le bon grain de l'ivraie de ces produits dérivés, les données existent. Le FMI a commencé en se déclarant désormais opposé à la liberté totale des mouvements de capitaux car elle déstabilise les pays en développement.

Je mesure la radicalité de cette proposition. Il faut faire l'inverse de ce qui a été fait après la crise financière de 2008 qui a abouti à corseter les bonnes banques européennes et laisser libres les mauvaises américaines. Demi-tour toute : promouvoir la bonne finance et la banque-industrie et bloquer la finance américaine qui nous emmène, à chaque occasion qu'elle trouve, dans l'irraison (les subprimes, le bitcoin, la bourse électronique…) en toute impunité. Les États-Unis, forts du dollar, ont la haute main sur le sujet. Joe Biden pourra-t-il corseter sa propre finance ? Réponse incertaine, j'en conviens. Mais en Europe, la ligne doit être ferme. On parle de souveraineté technologique ou industrielle, il doit en être de même pour la souveraineté financière et bancaire. Les banques européennes sont victimes aujourd'hui, alourdies par les normes, elles sont expulsées des États-Unis. L'Europe doit en profiter pour répliquer. Elle a tous les atouts nécessaires : une monnaie et une épargne très positives (qu'elle place sottement en dollars américains). Elle devrait viser de moins dépendre des folies de Wall Street et de montrer l'exemple d'un replacement de la finance sur les chemins de la raison.

Troisième axe. L'actionnariat. Le retour à la « *stakeholder value* », l'actionnariat participatif, est la réforme essentielle. Le cœur du capitalisme est l'entreprise, tout se joue là. C'est aux côtés du premier pilier, l'émancipation individuelle, puis du deuxième, le retour de l'État et des « biens premiers », le troisième pilier : le bon capitalisme à reconstruire. L'idée de la RSE, aussi imparfaite qu'elle soit et malgré la facilité avec laquelle elle s'offre aux manipulateurs, est à ma connaissance la meilleure idée qu'on ait en magasin.

L'obstacle dirimant est connu : le rendement de 15 % qu'exigent « les actionnaires », à commencer par les fonds financiers. Cette norme s'est diffusée, elle s'impose aux états-majors. Il faut s'employer à la faire sauter de toutes les façons possibles : promouvoir les fonds « alternatifs », qui sont nombreux à se monter actuellement, pousser les fonds souverains (publics) dans ce sens et mettre des taxes sur les gains « non RSE ». Une autre idée serait de transformer des milliards d'aides-Covid en fonds propres détenus par l'État en échange, non pas d'une quelconque ingérence dans la gestion des entreprises, mais dans leur mise en conformité avec des règles RSE simples, par exemple énergétiques. Un gros travail est demandé ici aux jeunes des FinTech, s'ils veulent devenir de bons citoyens : trouver des taxes intelligentes (je reconnais que ce n'est pas simple) et, plus largement, inventer une « bonne » finance aussi rentable que la « mauvaise ».

John Rawls aboutissait à la fin de ses réflexions à « la démocratie de propriétaires », celle qui ouvre le capital des entreprises aux travailleurs. Le général de Gaulle était parvenu aux mêmes conclusions avec la « participation ». Cette idée a été combattue comme inadéquate (les travailleurs, ces jouisseurs, ne votent pas pour le long terme), comme démagogique (cela n'apporte que peu de rémunération), comme irréaliste (il faut des syndicats « réformistes », sinon c'est ingérable). Toutes ces remarques s'entendent. Mais je ne vois pas de meilleure manière opérationnelle que la participation pour, d'une part, impliquer les salariés dans la gestion et, ce faisant, rendre les syndicats réformistes et pour, d'autre part, infléchir le management de façon à ce qu'il sorte de la dérive friedmanienne, américaine, qui le gâte depuis trente ans et s'approche enfin du modèle germanique.

L'ennemi, c'est la finance à l'américaine. François Hollande aurait été plus conséquent s'il avait su le préciser. L'Europe y a tout intérêt. Les PDG européens sont appelés à constituer des noyaux durs d'actionnaires RSE pour évincer de leur capital les fonds qui veulent du 15 %. Et qu'on ne réponde pas que ces fonds anglo-saxons sont utiles pour faire le ménage et virer les « mauvais » patrons, ce serait ne pas croire que le capitalisme puisse se réformer en bien. Ce serait penser qu'il est fondamentalement avide (*greedy*) et qu'il se moque du reste. Je suis persuadé que le capitalisme véritable est plus prévoyant, plus intelligent et plus vertueux.

Seule ligne : il ne faut pas laisser le capitalisme aux mains des (mauvais) financiers. Comme il ne faut surtout pas laisser le climat aux mains des (mauvais) écologistes.

CHAPITRE 7

Le climat sans les écologistes

Il va se passer sur le climat ce qu'on a observé lors de la crise sanitaire, lorsque tous les pays développés, unanimement, ont sauvé la vie des gens « quoi qu'il en coûte ». Pour la première fois dans l'histoire de l'humanité, la vie est passée avant tout le reste, avant l'économie qui a été mise en confinement. Les États ont été assez riches pour payer et assez efficaces pour organiser l'arrêt de l'économie sans provoquer de collapsus, malgré les tâtonnements et les contestations. Il en sera de même pour le réchauffement qui est une catastrophe plus menaçante encore.

Dans trente ans, sans doute bien avant, l'air va devenir irrespirable sur un cinquième du globe, exposant à une chaleur extrême des milliards de personnes forcées d'émigrer. Les séismes se multiplieront et, en 2100, le niveau des mers montera jusqu'à 2 mètres. Les scientifiques de l'ONU (le GIEC) nous préviennent depuis des décennies, avec des calculs de plus en plus précis, de plus en plus alarmants, de plus en plus incontestables. Les climatologues prédisent à raison « l'enfer sur Terre ».

Il se peut qu'il faille attendre encore un peu, qu'il faille aller jusqu'au bord des flammes, jusqu'aux premiers grands désastres, pour que la réaction des États se déclenche enfin, que les mesures retardées soient adoptées sur l'ensemble de la planète. La COP 26 qui s'est tenue à Glasgow a laissé un goût d'inaction. Mais nous ne sommes plus si loin d'une réelle mobilisation générale. L'ensemble des engagements pris par les États vont ramener le réchauffement prévu en 2100 de 4° à 2,4°. C'est le début. En 2021, des premières conséquences (inondations ici et sécheresses là) sont apparues alors que la température ne s'est élevée que de 1,3° selon le GIEC. On imagine dès maintenant ce que ce sera à 2° et on devine l'évidence anthropologique : au-delà, ce sera « insupportable » pour la civilisation humaine. Cela n'arrivera donc pas. Malgré des oppositions qui seront inévitablement fortes, l'humanité se mobilisera « quoi qu'il en coûte » pour l'empêcher. Elle interviendra pour ne pas laisser la Terre se réchauffer de plus de 1,5°. Nous savons quoi faire pour l'éviter et, exactement comme pour la Covid, nous en avons les moyens.

Montrons que c'est possible et comment. Allons-y en posant les chiffres sur la table, nets et chauds.

Nous sommes 7,8 milliards d'habitants sur la planète. Dans un essor sans précédent, un milliard d'Européens, d'Américains, de Japonais et d'Australiens ont bénéficié de l'ère industrielle pour atteindre un confort qui était inimaginable en 1820. Ce sont eux qui ont émis le CO_2 qui stagne là-haut. Mais leur niveau de vie, leur consommation, leur santé, leur longévité sont aujourd'hui l'espoir des 6,8 autres milliards.

[ATTENTION] Les gaz à effet de serre sont considérés trop vite comme des créations du diable. Il faut rappeler qu'au contraire, ils sont une sorte de couverture de lit, chauffante, essentielle. Sans eux, la planète bleue serait blanche de glace à –18°. Mais il y en a trop, on va étouffer, c'est le problème.

Problème en réalité double : il faut abaisser les émissions nettes des pays développés à zéro dès 2050 (le net zéro) et aussi, et surtout, empêcher que les pays en développement du Sud suivent nos mauvais pas, produisent le CO_2 qui ruinera les efforts du Nord, lesquels ne serviront alors à rien. À rien, pas tout à fait, puisqu'en la matière toute réduction est bonne à prendre mais le net zéro du Nord ne suffira aucunement à limiter le réchauffement à 1,5°. Il faut que tous les pays s'y mettent, maintenant.

Les 7,8 milliards d'humains émettent chaque année 33 milliards de tonnes de dioxyde de carbone, soit 2,5 fois ce qu'il faudrait pour viser le 1,5°, selon les scientifiques. Cela revient à 2 tonnes « permises » par habitant par an. Les pays développés ont tous fait de petits progrès, y compris les Américains (une baisse de 10 % en dépit de Trump) qui produisent encore 15 tonnes par habitant. Les Européens ont fait beaucoup mieux en abaissant d'un quart leurs émissions mais ils sont encore à 5 tonnes. Les pays en développement, qui représentent 85 % de la population mondiale, émettent moins *per capita* mais multiplié par leur nombre d'habitants, ils sont devenus les plus gros émetteurs. La Chine n'est qu'à 6,7 tonnes par tête mais avec 9,3 milliards de tonnes au total, elle envoie 29 % des émissions mondiales de CO_2, soit deux fois plus que les États-Unis. L'Inde est devenue le troisième « pollueur » mondial avec 2,2 milliards de tonnes malgré un niveau de vie qui n'est que de 12 % de celui des Américains.

Au passage, la France émet encore 400 millions de tonnes, 5,9 tonnes par habitant, c'est trois fois la dose « permise » des 2 tonnes. Les Français ont évidemment un effort supplémentaire à faire. Mais la France ne représente que 0,9 % des émissions mondiales et 10 % des émissions européennes, quand l'Allemagne est à 23 %.

Dernière statistique à avoir en tête : depuis dix ans, les émissions mondiales de gaz à effet de serre ont continué d'augmenter de 1,5 % par an alors qu'elles devraient décroître de 7,8 % l'an pour limiter le réchauffement à 1,5° en 2100. Il est clair que les prises de conscience ont eu lieu, les climato-sceptiques sont désormais en nombre faible sur le globe. Mais cela n'a pas suffi. Nous approchons du bord de la falaise.

Maintenant une analyse froide de ces chiffres chauds.

Si les émissions de CO_2 augmentent encore, si les gouvernements n'ont pas su prendre les décisions avec la force indispensable, c'est que le problème est… social. Social dans les pays développés parce que stopper le réchauffement va coûter en pouvoir d'achat et risque de fortement creuser les inégalités. Aux États-Unis, par exemple, un pays encore très carboné, la hausse nécessaire du prix du carbone coûtera 40 % de baisse de niveau de vie des 20 % les plus pauvres, selon le FMI. Une paille ! Les « yellow jackets » ont un bel avenir. Social aussi dans les nations en développement parce que ces pays estiment, avec raison, que le coupable du stock existant de gaz à effet de serre est le Nord et que celui-ci n'a aucun droit à les empêcher d'utiliser à leur tour du charbon, abondant et peu onéreux, pour électrifier leur population et lui permettre de vivre décemment. Gros problème social interne, énorme problème social externe.

Solution prix

Revenons au « faire ce qu'il faut ». Tous les organismes de recherche économiques qui ont travaillé sur la question se retrouvent autour d'une stratégie résumée par le FMI (World Economic

Outlook 2020) : un effort massif privé-public d'investissements « verts », un financement agressif de recherche et développement (dans l'hydrogène, les biocarburants, les batteries, la capture de CO_2) et l'instauration d'un prix du carbone qui devra être multiplié par cinq en dix ans et encore au moins par deux dans les dix années suivantes. Côté technologique, la solution est aussi connue : remplacer les énergies fossiles par de l'électricité produite par des renouvelables et, là où c'est accepté, par du nucléaire. L'électrification doit être complète d'ici à 2050, pour les transports (l'automobile en premier), pour le chauffage et, aussi vite que possible, pour l'industrie.

Ces solutions font l'unanimité des économistes qui travaillent sur le climat. Ils en ont déterminé le coût : il est considérable mais gérable. Considérable pour les producteurs d'énergie, puisqu'il leur faudra mobiliser 4 000 milliards de dollars chaque année contre 1 000 milliards actuellement. Pour les ménages, qui devront changer de voiture, isoler leur habitat et passer à l'électrique pour se chauffer et se rafraîchir par une climatisation. Pour l'industrie, qui devra trouver comment produire de l'acier ou du ciment sans matières fossiles. Pour les pays du Sud, enfin, qu'il faudra aider massivement afin qu'ils sautent l'étape charbon-pétrole-gaz et passent directement aux énergies propres.

La transition est synonyme d'un « choc climatique » indéniablement très fort. Mais, selon les économistes, il est « absorbable ». Il correspond à l'équivalent du premier « choc pétrolier » de 1973-74, a calculé Jean Pisani-Ferry[1]. Choc qui avait eu à l'époque des impacts considérables sur la croissance, sur l'inflation et sur la doctrine économique puisqu'il a conduit au libéralisme quelques années plus tard. L'impact du choc climatique sera donc d'une ampleur comparable au choc pétrolier sur le système économique, politique et intellectuel. Nous serons amenés à transformer radicalement nos modes de production comme nos modes de consommation et les gouvernements seront mis devant des choix difficiles. Le défi est immense, il ne faut pas le minorer. Mais il est *humain*.

Pour donner un ordre d'idée : tout se joue autour de quelques pour-cent du PIB mondial (autour de 4 %), pas plus. Et encore. Plus les économistes travaillent, plus ils en rabaissent le coût, du fait des progrès rapides des technologies (le prix du watt solaire a fondu de 80 % en dix ans). Le choc reste assez rude pour provoquer une sérieuse récession, mettre en faillite nombre d'entreprises et grossir le chômage mais le choc du coronavirus était beaucoup plus important. En outre, à l'inverse des chocs

1. « L'écologie a besoin d'une politique macroéconomique », Jean Pisani-Ferry, *Grand Continent*, 1er septembre 2021.

pétroliers et sanitaires, ce choc-ci est « prévisible », on peut en contrôler le déroulement pour l'amortir.

La difficulté reste que les populations ne sont pas averties du « mur » qu'elles doivent franchir. On leur raconte encore que la transition sera progressive, douce et indolore. C'eût peut-être été éventuellement possible si les gouvernements avaient commencé à agir il y a vingt ans. Aujourd'hui, atteindre la décarbonation en 2050 impose un chemin escarpé et raide. Exemple parlant : le prix de l'essence devrait monter à 30 euros par litre pour dissuader son usage en 2050. Il faut évidemment que tout le monde puisse acquérir une voiture électrique d'ici là, ce qui signifie des aides très importantes pour les ménages modestes. Il en sera plus coûteux encore pour les logements qu'il faudra isoler et rééquiper au tout-électrique. Au moins dans un premier temps, la facture « énergie » sera très lourde pour les ménages. Ensuite, ils devraient voir leur consommation plus faible leur coûter moins. Il reste que le « mur » est haut : une part de la richesse produite devra se détourner de la consommation pour se convertir en investissements. Cet arbitrage entre les dépenses de court terme et le bien-être du futur n'a jamais été facile à opérer ni pour les ménages, ni pour les gouvernements. Il faudrait commencer par le dire clairement.

La question maintenant est de savoir si nous le faisons, si nous avançons dans cette « bonne » direction ? La réponse est oui et non.

Non visiblement : les émissions de CO_2 n'ont jamais baissé (sauf en 2020 de 7 % mais 2021 aura effacé ce résultat), les renouvelables ne représentent que 34 % des investissements énergétiques totaux et cette part n'augmente pas. Malgré les promesses de l'accord de Paris (2016), tous les pays n'ont pas publié un « plan d'engagement volontaire » (NDC) pour atteindre la neutralité carbone en 2050. Et beaucoup ne tiennent pas leur propre engagement. La Chine et la Russie ont reporté l'échéance de neutralité à 2060. Les États-Unis sont remontés dans le train avec Joe Biden mais leur agenda n'est toujours pas précis. Au total, l'ensemble des engagements volontaires ne suffit pas, et de loin, pour atteindre le but du net zéro en 2050. Il faudrait multiplier les efforts par quatre pour espérer limiter la hausse des températures à 2° en 2100 et par sept pour atteindre 1,5°. Les experts du GIEC ont calculé que sur la lancée actuelle la température du globe va augmenter de 2,4° en 2100, et que le 1,5°, visé par les accords de Paris, sera dépassé dans les années proches.

Mais « oui » quand même. Le Pacte vert (Green Deal) annoncé en juillet 2021 par la Commission européenne illustre un début de nette accélération.

L'Europe, qui visait en 2018 à réduire ses émissions de 40 % (par rapport à 1990) en 2030, veut maintenant atteindre 55 % à cette date. Droits à émettre, resserrement des normes, développement des puits de carbone (agroforesterie), investissements dans le renouvelable, économies d'énergie… Personne n'eût imaginé une telle radicalité de la part de Bruxelles il y a encore deux ans. Imaginez : toutes les voitures construites à partir de 2035 devront être électriques. Pour aider socialement à la transition, l'Union européenne consacrera un quart de ce que rapportera la taxe carbone (70 milliards d'euros de 2025 à 2030) à soutenir les ménages modestes. Le dispositif européen est très ambitieux mais très cohérent.

Les États-Unis de Joe Biden n'ont pas adopté le principe du prix du carbone, c'est très dommage. Le président américain, tout à la reconstruction de la classe moyenne, ne veut pas la taxer. Il mise sur les énergies renouvelables et, surtout, sur des nouvelles technologies actuelles ou à venir. C'est un pari très « américain ». Joe Biden vise une réduction de 50 % des émissions d'ici à 2030 (mais par rapport à 2005) et la neutralité carbone en 2050. Les États-Unis choisissent à leur habitude un modèle « technologique » pour y parvenir quand l'Union européenne veut passer par le mécanisme des taxes et des prix. Sans doute faudra-t-il rapidement conjuguer les deux solutions.

La Chine de son côté a annoncé un pic d'émission « avant 2030 » et une neutralité carbone en 2060, c'est trop peu mais c'est là aussi un début. Le premier pollueur du monde ouvre encore des centrales à charbon mais Pékin saura faire mieux. On peut compter sur l'orgueil de ses dirigeants pour vouloir se présenter comme un modèle étatico-technologique plus propre que les démocraties occidentales.

L'Inde parle d'un net zéro en 2070 et assume : « Nous avons besoin du charbon pour notre développement. » La lenteur de New Delhi souligne que les nations développées devront se décider à aider massivement les plus pauvres dans la transition. L'accord de Paris prévoyait 100 milliards de dollars par an, la note pourrait être plus élevée mais, là encore, elle est à portée.

[ATTENTION] Il reste à franchir le « mur ». Rien ne dit encore que les gouvernements passeront aux actes à temps. Le gap avec ce qu'il faut faire est encore immense. Mais on sait ce qu'il faut faire et l'accélération s'engage. Ma conviction demeure : plus on va se brûler, plus le péril existentiel s'amplifiera, plus nous accélérerons.

Une mobilisation mondiale inédite est en cours, des millions de personnes, chercheurs, fonctionnaires, ingénieurs, financiers, agriculteurs travaillent pour refroidir la Terre. Les États ont prévu des investissements « verts » dans leurs plans de relance post-Covid, le secteur financier se mobilise, les investisseurs sont motivés, dotés de milliards et toutes les entreprises se repositionnent désormais vite. Le meilleur exemple en sont les groupes pétroliers qui il y a cinq ans avaient mis le bout de l'orteil dans les énergies renouvelables et qui maintenant y sont jusqu'à la taille. Même les majors américaines, pourtant riches de leurs schistes bitumineux si profitables, sont en train de tourner avec le vent.

Le convoi climatique est accompagné de toute la cohorte humaine, des freineurs, des voleurs et des menteurs, mais il s'est mis en mouvement. Comme pour la Covid, on va trouver un vaccin contre les 4 degrés Celsius.

Obstacles

Le premier obstacle sur lequel bute le convoi est technologique. Bill Gates dénonce le faible niveau d'innovation dans les secteurs concernés : « On a fait la partie facile, la voiture électrique… mais il faut s'attaquer à la partie dure : inventer un ciment sans carbone, un acier propre, de la viande sans émission. » Les humains ayant encore besoin de ciment et de viande, il faut trouver des façons de les fabriquer « zéro CO_2 ». Pour y arriver, il faut des innovations technologiques de rupture dans le nucléaire (les déchets), l'hydrogène, l'agriculture, l'industrie, le stockage d'électricité, la compensation… Les efforts de R&D (recherche et développement) devaient doubler selon l'accord de Paris, nous n'y sommes hélas pas[1].

Selon l'UNESCO, les sujets de recherche en rapport avec la durabilité environnementale (la consommation responsable, le climat, la vie aquatique et la vie terrestre) ne sont « pas encore très répandus dans les publications académiques au niveau mondial ». Par exemple, la recherche sur les cultures adaptées au changement climatique n'a représenté que 0,02 % de la production scientifique mondiale entre 2011 et 2019. « En dépit de la priorité accordée à la transition énergétique, les publications consacrées aux neuf sujets liés à l'énergie durable ne représentaient encore que 2,4 % de la production scientifique mondiale en 2016-2019, contre 2,1 % en 2012-2015. » La science ne bouge pas assez vite.

Il est aujourd'hui fondamental de multiplier les crédits et de créer une coopération mondiale d'ampleur nouvelle. L'exemple de la Covid nous instruit : il avait fallu plus de dix ans de travaux d'un laboratoire belge pour trouver, en 1976, le séquençage du génome du premier virus, le MS2, qui n'avait que 3 569 lettres. Celui du SARS-CoV-2, neuf fois plus complexe, a été publié en quelques semaines après

1. Bill Gates, *Climat : Comment éviter un désastre*, Flammarion, 2021.

sa découverte à Wuhan. Preuve que des décennies de travail cumulatif de la communauté mondiale de chercheurs, coopérant grâce à Internet, peuvent déboucher *soudainement* sur une accélération fulgurante. Il devra en être de même pour le climat, l'énergie et les autres sujets environnementaux.

Le deuxième obstacle est politique. Les partis au pouvoir ne sont pas clairs. Ils n'osent pas dire que la lutte pour le climat est socialement régressive, qu'elle va coûter en pouvoir d'achat, qu'elle va forcer à des changements de métiers et de mode de vie, mais qu'elle va réussir. Le discours tenu, et notamment par les partis écologistes, dit exactement le contraire : on ne va pas y arriver. Le choix fait est celui de la peur, du catastrophisme. Il faut flanquer la trouille aux gens pour qu'ils changent, prennent moins leur voiture et mangent moins de viande. Un discours de coercition, anxiogène et sacrificiel : imposer, encore et toujours, des restrictions, des normes, des interdictions mais… mais ajouter que cela ne suffit toujours pas, regardez les courbes, « on va à la catastrophe ».

Mal préparées, mal évaluées et surtout sans schéma global, ces politiques soi-disant « écologistes » tournent au supplice ! On vous coupe la phalange, le doigt, la main, le bras mais, autant d'amputations qui sont inutiles, vous allez mourir grillé.

Quand, par inadvertance sans doute, les responsables de l'écologie parlent positivement, ils brodent sur « la croissance verte », sur « les millions d'emplois » que va créer la transition. Las, ces fausses prédictions roses sont démenties immédiatement par la réalité industrielle : le passage à l'électrique du secteur de l'automobile va le conduire à licencier (70 000 personnes en France) puisque beaucoup des équipements, dont les batteries, sont faits en Chine. Tout le monde le voit.

Cette stratégie est désastreuse, elle a un coût élevé et des résultats médiocres, comme le démontre avec brio l'économiste Christian Gollier[1]. Les gouvernements, paralysés par le fait indéniable que relever le prix du carbone va taper dans le pouvoir d'achat, fuient cette issue. La révolte des gilets jaunes a rendu le thème électoralement tabou et pas qu'en France. En conséquence, à ne pas prendre la bonne route, les politiques écologiques nous perdent depuis quinze ans dans les chemins de traverse. La stratégie confuse des petits pas toujours insuffisants, l'addition de restrictions toujours accrues et l'aveu permanent que tout cela reste loin de nous éloigner de la catastrophe, poussent cette écologie coercitive dans la pente autoritariste. Si cette politique des restrictions ne marche pas, ce n'est pas qu'elle est sotte, ce n'est pas qu'elle est incomprise par l'opinion, c'est qu'elle n'est pas assez restrictive !

1. Christian Gollier, *Le Climat après la fin du mois*, PUF, 2019.

À ne pas oser dire qu'écologie et social ne riment pas, et à affronter directement ce problème-là, très soluble pour les économistes, on préfère dissocier écologie et liberté.

Peut-être cette approche convainc-t-elle des jeunes électeurs mobilisés pour la cause mais il est sûr qu'elle provoque dans les majorités un rejet légitime. L'opinion voudrait quelque chose de simple et d'efficace : être éclairée sur le chemin et assurée qu'il conduira à bon port. Elle accepterait qu'on lui garrotte son mode de vie, mais pas sa liberté et surtout pas que cela soit inutile.

Régis Debray a superbement désigné le travers. Il faut, dit-il, remplacer le mot « environnement » (trop anglo-saxon à son goût) par le mot « milieu », le milieu naturel. Le milieu, autrement dit la modération, nous y revoilà. Debray refuse de « choisir entre Charybde et Scylla, entre une culture dénaturée et une nature déculturée[1] ». Sainte humilité, sainte modération.

La funeste politique « écologique » est pourtant appliquée avec acharnement en France, où l'écologie a oublié qu'elle était une science pour devenir une carrière. Les fanatiques occupent les postes des mairies et des administrations et des ministères avec la conviction profonde que le système économique actuel, le capitalisme, parce qu'il est construit sur la

1. Régis Debray, *Le Siècle vert*, Tracts Gallimard, 2020.

consommation « matérielle », ne peut pas parvenir à changer et que la seule solution véritable est de l'abolir. La croissance est la responsable, tuons-la. La technologie est « au service » de l'économie, tuons-la aussi. Refusons, sans discussions, le nucléaire, les OGM, les nanos et la 5G. Enfin, poussant le malthusianisme au bout, comme l'humain expire du CO_2, tuons-le aussi : il y a trop de monde sur terre. L'écologie française est devenue une idéologie de fanatiques. Robespierre, quand tu nous tiens ! Si la guillotine écologiste ne marche pas, c'est qu'elle ne fait pas encore assez de victimes…

La décision de Bruxelles sur le prix carbone est dans ce cadre une saine révolution politique. Elle balaie cette profusion de normes, de subventions et d'interdictions constamment aggravées, elle simplifie. Non qu'il ne faille pas défendre aussi les grands fonds marins, interdire le plastique non recyclable ou obliger au tri des poubelles. Il faut le faire. Mais Bruxelles ouvre la porte à une politique climatique claire et efficace. On peut sortir du catastrophisme immobiliste.

Dans la lutte contre la Covid, on a fait passer les économistes (l'intérêt matériel) derrière les médecins (l'intérêt vital). Il faut, concernant le climat, faire passer les écologistes (intérêt de la Terre) derrière les économistes (intérêt social). Confier les ministères de l'Écologie à des économistes. Le problème est social, il faut le traiter comme tel.

[ATTENTION] Défendons les écologistes quand ils sont utiles, ce qu'ils sont souvent si l'on écarte leurs fanatiques en France. Ils l'ont été pour nous avoir prévenus les premiers du réchauffement, de sa cause humaine ainsi que de la gravité de la destruction de la biodiversité. Merci aux lanceurs d'alertes. Ils ont raison plus largement, sur les dérives de la marchandisation des modes de vie. L'économie de crédit, le modèle actuel du capitalisme, ce faux libéralisme, a provoqué un vice : la consommation en masse de cochonneries superflues. Après guerre, la civilisation marchande avait été libératrice. Le style de vie moderne, l'*American way of life*, a séduit : la paix, une maison, une voiture, des vacances, des études pour les enfants. La hausse du niveau de vie a ensuite autorisé la culture, les voyages, les loisirs. Les machines domestiques ont dégagé les femmes des tâches ancestrales (même si elles continuent d'en assurer l'essentiel) et leur ont permis de travailler. Mais ce rêve s'est transformé ces dernières décennies.

La tête des consommateurs a été détournée du modèle de l'Américain moyen vers le modèle des « *rich and famous* ». De libératrice, la consommation est passée au clinquant. On peut facilement faire une liste : des montagnes de jouets en plastique tous plus laids les uns que les autres qui encombrent les chambres d'enfants et les jardins, des vêtements qu'on met une saison puis qu'on jette, des appareils programmés pour se périmer et une malbouffe qui déborde des placards.

La frugalité ? S'il est un point sur lequel les écologistes ont raison, c'est celui-là. La consommation aussi doit retrouver la raison.

CHAPITRE 8

La science avec la philosophie

L'intelligence artificielle (IA) constitue, à n'en pas douter, une perspective enthousiasmante. La machine capable de faire 400 pétaflops (400 × 10 puissance 15 opérations par seconde) nous aidera à penser plus vite et mieux. Mais à penser à quoi au juste ? En Californie, des dizaines de milliers de chercheurs et des dizaines de milliers d'ingénieurs travaillent autour de la reconnaissance de formes. L'ordinateur doit arriver à distinguer en un clin d'œil une voiture, un réverbère, un agent de police, un obstacle éventuel comme un chat et être capable d'anticiper son comportement. C'est un casse-tête véritable car reconnaître, à coup sûr, un chat est très complexe. Google, Facebook, des centaines de start-up consacrent des milliards de dollars à ce chat.

N'importe quel enfant de 4 ans sait, sans se tromper, reconnaître un chat sans aucune difficulté. Et mon chien Loustic les repère à cinquante mètres dans une rue noire, pour les courser. Attendre des ordinateurs qu'ils « devinent » le chat aussi bien qu'un enfant ou Loustic impose de leur consacrer des milliards de dollars. N'y a-t-il pas d'autres domaines où cette colossale force scientifique et financière serait mieux placée ? Google et les autres ont la voiture autonome en tête ou la reconnaissance des visages pour la surveillance et la sécurité. Ce sont des immenses marchés. On comprend, mais…

Ce chapitre voudrait lancer, avec beaucoup de prudence, une réflexion sur la science. La science est devenue centrale dans nos sociétés et nos vies et sa place est appelée à s'agrandir encore. Il est légitime de se demander si nous avons une « bonne » science, si elle travaille vraiment à notre service pour nous donner cette « bonne vie » de la philosophie grecque. J'ai l'intuition que non.

Le rapport de l'UNESCO, que j'ai déjà cité, déplore que trop peu de moyens soient mis sur les sciences « durables », celles définies par l'ONU comme contribuant à atteindre les dix-sept « Objectifs du Millénaire » (éliminer la faim, donner une éducation de qualité à tous, apporter une énergie propre, un accès à l'eau…). Les fonds versés pour l'IA et la robotique ont crû de 21 % de 2015 à 2019, la plus forte progression. L'écologie reste « marginale », dit l'UNESCO. Elle n'est curieusement mise en avant que par les pays en développement, sans doute parce qu'ils ont compris qu'ils ne devaient compter que sur eux-mêmes pour trouver des semences sans eau ou apprendre à se protéger des chaleurs et des inondations.

[ATTENTION] L'IA est une révolution magnifique, elle permettra des percées dans la physique, elle va aider au diagnostic du cancer, elle va repérer les difficultés de chaque élève devant les programmes scolaires, elle va révolutionner l'agriculture comme l'industrie. Personne n'en doute.

Il n'empêche. Remplacer les conducteurs d'automobile comme remplacer les ouvriers dans les usines par des robots : l'IA poursuit le but séculaire de la « substitution ». La force mécanique a remplacé la force musculaire dans les champs et les ateliers, cette fois-ci ce sont les métiers des services qui sont visés. Toutes les tâches administratives répétitives, et bientôt moins répétitives, doivent être automatisées pour gagner en productivité. Je comprends et j'encourage. Mais n'y a-t-il pas moyen de demander aussi à la technologie de *créer* des emplois ? De demander à la science de nous dire comment croître sans épuiser ? Comment générer sans consommer ? Comment régénérer ?

Pour vous expliquer ce que je veux dire, il faut faire un petit détour passionnant dans le biomimétisme.

La soie du fil de l'araignée est dix fois plus solide que le kevlar et, pourtant, fantastiquement extensible. La feuille du lotus fait glisser la pluie et toutes les saletés pour que la photosynthèse soit parfaite. Le cassis guérit de vagues à l'âme et rend heureux. Le papillon Morpho est un modèle d'absorption des rayons solaires. L'ours hiberne sans perdre ses muscles. Vous connaissez ces exemples et ressentez toujours cet émerveillement d'enfant à découvrir combien les animaux et les plantes sont des génies[1].

Depuis les 3 milliards et 800 millions d'années que la Terre existe, la nature n'a cessé d'évoluer grâce à un processus d'optimisation continu qu'on découvre de plus en plus admirable d'« intelligence naturelle », d'économie de moyens et de pérennité des résultats. Depuis deux siècles, la technologie humaine, industrielle, a fait autrement. Elle a consisté à *forcer* la nature pour produire plus de matériaux et plus de nourriture. Non sans succès incontestablement, mais avec des dégâts qu'on mesure aujourd'hui. S'inspirer des processus naturels, le biomimétisme ou la « bio-inspiration », remonte à loin : les avions ont des ailes et un aérodynamisme inspiré des oiseaux. Mais ce qui était exceptionnel peut prendre une tout autre dimension aujourd'hui : tenter une recherche qui *force* moins la nature et au contraire s'en inspire et la copie.

---

1. Janine Benyus, *Biomimétisme*, Rue de l'Échiquier, et Gunter Pauli, *L'Économie bleue 3.0*, L'Observatoire.

L'écologie hors technologie échoue et la technologie irrespectueuse de la planète la ruine, la bio-inspiration qui est au milieu (la modération) nous fait découvrir des trésors, des technologies créatives solides et surtout un état d'esprit, une philosophie de la science. Tout ne peut pas s'y réduire bien sûr. Très loin de là.

Mais nous avons besoin d'un réexamen mondial de la science et la technologie.

Pour le mesurer, un autre détour s'impose, en Californie. Ce jour-là, 28 juillet 2021, Mark Zuckerberg, le fondateur de Facebook, tient une conférence pour annoncer aux investisseurs « la nouvelle génération d'Internet » : le métavers.

Le nom vient d'un roman de science-fiction de Neal Stephenson paru en 1992 où il décrit des avatars humains attaqués par des démons dans un univers 3D. Facebook rêve de plonger ses internautes, équipés de casques oculaires 3D, dans un tel monde virtuel. Chacun ou plutôt son avatar pourra y voyager avec les avatars de ses « amis », aller à des fêtes, vivre ensemble, chanter, danser et plus si affinités. Le *share* pour remplacer la chair.

Facebook, a expliqué Zuckerberg, ne sera plus un groupe de médias sociaux mais un groupe de métavers. Il a changé le nom de son groupe, Facebook, pour celui de Meta. Pour l'heure, le truc marche encore mal, selon les premiers essais. Mais tout ira très vite. Nous vivons *avec* des écrans dès l'âge de quelques mois, nous allons vivre *dans* l'écran. Fuyez le monde réel, immergez-vous dans le virtuel.

Facebook dépense 21 milliards de dollars en recherche et développement par an. La France 50 milliards d'euros partagés en deux parties égales, publique et privée. Le groupe californien dépense donc à lui tout seul pas loin du budget français du ministère de la Recherche ou de la totalité des firmes françaises. Rappelons que la France est au sixième rang mondial des publications scientifiques. Cela donne un ordre de grandeur de la puissance mobilisée par Mark Zuckerberg.

Le fondateur de Facebook est très rationnel. Sa société vit sur les recettes de la publicité, il a besoin de conserver l'attention des internautes le plus longtemps qu'il peut. Les emmener et les faire rêver dans la réalité « augmentée » va grandement développer leur addiction. Facebook ne se contente plus des datas sur nos comportements, il veut occuper nos comportements eux-mêmes.

Une enquête du *Wall Street Journal* parue le 16 septembre 2021 a montré qu'Instagram, filiale de Facebook, aggrave la « mauvaise image de soi » d'un tiers des adolescentes qui doutent d'elles. Les photos des « influenceuses » élancées, retouchées à la perfection, provoquent des troubles alimentaires (elles incitent à maigrir) et des dépressions. Le journal s'est procuré des enquêtes menées en interne chez Facebook qui confirmeraient la montée du taux d'anxiété de ses utilisatrices. À la suite de l'article, le sénateur démocrate du Connecticut Richard Blumenthal a créé une commission d'enquête et organisé des auditions au Sénat. Il expliquait au *Wall Street Journal* : « Facebook semble avoir recours à une page du manuel des géants du tabac qui pourrait être intitulée : "Comment cibler les adolescents avec des produits potentiellement dangereux tout en cachant les éléments scientifiques au public". »

Facebook n'est pas le seul groupe à travailler sur la réalité augmentée. Le métavers aura sûrement des applications utiles, dans le travail ou la vie courante. Mais il s'agit aussi d'un logiciel d'addiction, d'une drogue.

La question posée alors aux scientifiques n'est pas toute simple : comment faire la part du raisonnable et de l'irraisonnable ? La Chine a décidé durant l'été 2021 de limiter à trois heures par semaine l'accès aux jeux vidéo addictifs aux moins de 18 ans. Le gouvernement parle d'« opium mental », exige que les éditeurs de ces jeux cessent de les rendre addictifs, punit les stars d'Internet que sont les influenceurs. En France, le philosophe Gaspard Koenig, libéral engagé, plaide « sans hésiter » pour la fermeture des réseaux sociaux aux moins de 16 ans. Faut-il emprunter la voie de l'interdiction ?

La science nous apporte beaucoup, l'humanité a un besoin existentiel de la technologie mais celle-ci nous fait glisser aussi dans un monde d'abrutissement et de surveillance. L'écran est une « arme idéale du crime », dit Gérald Bronner, pour envahir notre « disponibilité mentale », pour nous offrir des sensations et nous manipuler[1]. La glissade va jusqu'à la dinguerie transhumaniste : l'IA au service de la médecine veut engendrer l'homme « augmenté » par des puces et un exosquelette. Un post-humanisme.

La réticence du quart de la population à se faire vacciner en France tenait à beaucoup de facteurs éducatifs, politiques, territoriaux. Mais aussi à un refus intuitif d'une science qui est en train d'échapper aux hommes. Tout ce que disent les antivaccins est faux et dangereusement faux mais ils mettent le doigt sur un point juste : la science a aujourd'hui une puissance démiurgique. Depuis 1945, l'homme peut se détruire par l'atome, aujourd'hui il le peut autant par l'électron (l'ordinateur), par les ciseaux d'ADN, par les machines « intelligentes ». La science devient capable de manipuler nos esprits et nos gènes. Tous les scientifiques devraient se demander pourquoi leur profession admirable est devenue si mal aimée d'une partie de la population et pourquoi

1. Gérald Bronner, *Apocalypse cognitive*, PUF, 2021 ; lire aussi Bruno Patino, *op. cit.*

elle a perdu sa pureté et sa magie pour beaucoup d'autres. N'ont-ils aucune responsabilité ?

Le XXIe siècle sera le siècle des sciences. Les savants et les ingénieurs portent l'évolution humaine sur leurs épaules comme jamais. Ils sont au centre des questions climatiques, économiques, sociales, démocratiques. Leur demander une réflexion sur ce qu'ils font, chacun d'entre eux et dans leur profession d'ensemble, est impératif. À cette élite savante, comme les autres élites, de s'interroger pour savoir si plonger des heures durant dans la 3D est utile, s'il faut consacrer son talent pour les maths à inventer un produit financier péta-complexe de plus, s'il faut coller des implants dans les cerveaux, s'il faut mettre ses neurones au service d'un exode farfelu des Terriens sur Mars ou une exoplanète... ou s'il faut travailler à autre chose ici et maintenant.

Les scientifiques n'ont-ils pas le devoir impérieux de réconcilier la science et l'humain, la science et l'humanisme ? L'homme n'a pas progressé en sagesse ni depuis 1945, ni depuis la nuit des temps. Une folie de domination, une hubris, l'habitent toujours. Le populiste saison 2 a intuitivement peur de l'homme. Il a tort. Mais c'est au savant de le rassurer.

[ATTENTION] Je ne parle pas d'une reprise en main de la science par les politiques. La science ne doit aller sans autre direction qu'elle-même. La liberté des savants doit être complète, à commencer par la possible remise en cause des théories en vigueur. Albert Einstein en reste l'exemple absolu avec la révolution du $E=mc^2$. La démonstration contraire en a été donnée en URSS où le lyssenkisme se voulait une « science prolétaire », conforme à la volonté de Staline. Elle a prouvé sa stérilité. Trofim Lyssenko récusait les lois de Mendel de la biologie car elles accordaient une place à l'inné, contrairement à l'idéal socialiste d'égalité. À la même époque aux États-Unis, au cours de la guerre, certains trouvaient la science soumise au Big Business (déjà) et à l'« académisme », l'État aurait dû la « diriger ». Le débat a été tranché dans l'autre sens : la National Science Foundation (NSF) a été fondée en 1950 sur le principe d'autonomie. L'État finance mais c'est tout, il laisse la communauté des savants chercher où bon lui semble. Certains de nos populistes saison 2 veulent aujourd'hui revenir en arrière aux tentations staliniennes. Ils ont une même attirance pernicieuse pour une science « dirigée » sous le nom de « science préoccupée » (*concerned scientists*) ou de « science citoyenne ». Non merci.

Mais, *pour autant*, les scientifiques ne se sont-ils pas laissés dériver ? Ne faut-il pas qu'ils redressent (eux-mêmes) leur cap ? Ma thèse est qu'ils ont dérivé. Comme les autres branches de l'élite, ils se sont aveuglés. Ils ont, à mon avis, trois torts.

Le premier est d'être devenus pessimistes en masse. Il est vrai qu'avoir le privilège de savoir lire des tableaux de chiffres et d'anticiper la courbe des températures vous somme de crier aux autres le danger. Merci pour les lanceurs d'alerte. Aujourd'hui que c'est fait, est venu le moment de cesser d'être catastrophiste pour devenir solutionniste, nous présenter des issues. Les savants se battent pour établir toujours mieux et toujours plus précisément comment nous allons tous brûler. Extinction de l'espèce : on a compris. Aujourd'hui, une partie d'entre eux devraient réorienter leurs crédits de recherche sur les manières de nous protéger. C'est à eux de le faire, eux seuls pourront trouver. S'ils n'y croient pas, s'ils ne reprennent pas foi dans leur génie, qui pourra retrouver espoir ? Personne. Les scientifiques, par construction optimistes, doivent aujourd'hui s'en rappeler.

Deuxième défaut : les publications inutiles. Faire paraître un article dans les revues prestigieuses que sont *Nature*, *Cell* et *Science* est devenu déterminant pour la carrière des chercheurs. Il faut s'en féliciter. L'article n'a l'*imprimatur* que s'il est revu par des pairs, il n'y a pas de meilleur filtre. Du moins en théorie. En pratique, le monopole desdites revues provoque un embouteillage et des attentes beaucoup trop longues quand la recherche doit accélérer. De plus, le filtre fonctionne mal puisque nombre d'articles avec des faux résultats (mauvais ou non vérifiables) doivent être retirés. Être publié dans l'un des grands journaux sus-cités est si prestigieux et si valorisant que la rude compétition aboutit à publier trop vite des articles, à gonfler des résultats, voire à les truquer. *Publish or perish*. Beaucoup sont dépubliés car impossible à reproduire. Des initiatives ont été lancées pour corriger ce travers, comme la publication sur Internet en accès libre, ouvrant à tous les remarques correctives. Tant mieux si cela marche. Mais il reste que la science consacre trop d'efforts pour paraître et pas assez pour vérifier.

Troisième tort : la recherche privée s'est enrichie à coups de centaines de milliards, on l'a vu avec les GAFA, mais dans le même temps la recherche publique s'est appauvrie. Aux États-Unis les crédits de la NSF sont tombés de 12 % des dépenses gouvernementales en 1960 à 3 % actuellement. Les laboratoires publics ont été paralysés par des tâches bureaucratiques (répondre aux appels d'offres), la peur du risque et une « culture de la conformité ». Le gouvernement américain de Joe Biden a adopté des nouvelles règles à l'été 2021. Il va faire repartir à la hausse les crédits publics pour, on l'a compris, maintenir la suprématie américaine face aux ambitions chinoises dans les High Tech. Les États-Unis refusent toujours d'entrer dans le « dirigisme », mais ils constatent une perte d'efficacité et veulent secouer l'entre-soi qu'est devenu le monde des chercheurs. Le but est de publier moins mais d'innover plus et de remettre les chercheurs sur les grands défis du temps.

Voilà le nécessaire débat. Aux scientifiques de s'impliquer, à commencer par les plus jeunes. La communauté scientifique ne peut se contenter de s'enrichir et de se défausser des conséquences, sa responsabilité est de redresser la science et la technologie, de les tempérer, de nous donner non pas de la distraction mais de l'optimisme.

CHAPITRE 9

La réthorique du XXIe siècle

Quand je termine ce livre, à l'automne 2021, Donald Trump s'est assuré le contrôle du parti républicain aux États-Unis. Imaginez qu'il le conserve et qu'en 2024 il soit élu, légalement ou pas, nouveau président habité d'une terrible volonté de revanche. Mon hypothèse de départ, la fin du populisme de la saison 1, celle des « sauveurs », et le passage à une saison 2, celle de la barbarie, pourrait être à demi fausse. Nous aurions les deux ensemble. Ce ne serait pas seulement la démocratie américaine qui serait à l'agonie, toutes les démocraties seraient blessées et la planète serait autre.

Le risque d'abandon de la raison grecque me paraît grossir tous les jours. Les causes sont multiples, l'excès d'individualisme, l'émotion, les peurs, les médias, les périls terroristes et, à la racine du mal, les graves dérives du capitalisme. La démocratie elle-même est en grave danger. L'irraison en Amérique et en Europe vient de l'insatisfaction des classes moyennes, de leurs craintes de l'avenir et du refus répété de l'élite d'admettre sa responsabilité et de réformer. Il est tard. Le mécontentement a commencé à tourner à la sauvagerie. Les dirigeants politiques et économiques doivent cesser de hausser les épaules en se disant qu'il n'y a rien à faire et que le peuple est devenu « fou ». Le peuple n'est pas fou, il exprime une douleur qui dit vrai sur la folie de la société. Il est urgent que l'élite s'engage dans des transformations radicales, même s'il lui en coûte.

Il est l'heure de rebâtir le système capitaliste. La leçon de la Covid avec le choix fait de « privilégier la vie », le début de taxe sur les multinationales qui redonne une main coopérative aux gouvernements, la modification du rapport de force entre le capital et le travail en faveur de ce dernier, le choix du prix carbone pour le climat, les mobilisations de grands patrons pour l'actionnariat participatif, et les milliers de mobilisations individuelles ou collectives qui ont surgi, sont des premières avancées qu'il faut vivement amplifier.

Le premier commandement est de combattre le repli national et identitaire. Le regard doit se tourner résolument vers l'avenir, non vers un passé mythifié. Le deuxième commandement est l'arrêt de la délectation morbide du discours décliniste, catastrophiste, apocalyptique, pessimiste sur cet avenir. Si les transformations sont radicalement engagées, la civilisation grecque ne disparaîtra pas, elle renaîtra de ses forces les plus profondes et trouvera à s'épanouir à nouveau dans les conditions nouvelles. Je sais, l'optimisme est mal porté, le noir se vend mieux que le rose. La presse se désintéresse des trains qui arrivent à l'heure. Mais quand le monde change de base, quand tout est mis en mouvement rapide, quand on connaît la bonne direction à prendre, le convoi n'avancera que si les chariots ne se désunissent pas et si chaque conducteur croit possible d'atteindre la nouvelle frontière. La construction de l'avenir est un mécanisme auto-réalisateur, comme on dit sur les marchés financiers. Il faut que tous croient à l'événement pour qu'il advienne.

La nouvelle civilisation technologique et émotionnelle peut mal tourner, elle peut, à l'inverse, retrouver les bons chemins de la raison. Il dépend des gestes de tous. Le XXIe siècle sera celui de la responsabilité. L'indignation ou la colère n'aboutissent, au-delà de la prise de conscience, qu'à se faire plaisir. Pour décider de l'avenir, chaque individu doit apprendre à se faire acteur : chaque enseignant pour rénover l'enseignement, chaque industriel pour produire propre, chaque scientifique pour inventer des bonnes solutions, chaque intellectuel pour contredire les complotistes, chaque salarié pour cesser de se résigner, chaque parent pour apprendre la justice et la tempérance, chaque journaliste pour réennoblir son métier... Chacun doit, à sa place, prendre conscience que l'important est le mouvement de tous. Comme dans une chorale, chaque voix est indispensable.

Le troisième commandement tient à la politique et à la communication. Redonner confiance dans ce XXIe siècle, tel est le but premier. Il ne sera pas atteint sans mettre fin à la course à la démagogie à laquelle on assiste. Au contraire, le peuple a le droit à toute la vérité sur les difficultés qui vont surgir dans la lutte contre le réchauffement, dans la reconfiguration des « biens premiers », dans la compétition économique. Si l'élite fait enfin les réformes radicales et montre l'exemple de sacrifices qu'elle accepte, la classe moyenne sera prête à entendre qu'elle doit revenir à la raison. La responsabilité, ici encore.

Rawlsiens pour le fond, simples et transparents pour la forme, les principes politiques doivent être, surtout, équilibrés. Gouverner impose d'écouter tout le monde et, même si l'exercice paraît factice, d'écouter en permanence les raisons des mécontents.

L'invention d'une rhétorique globale qui rétablisse la confiance et convainque d'un « bon » XXIe siècle est le plus gros défi. En apparence, la partie est difficile. Le pathos (l'émotion) a pris toute la place grâce à une technologie qui ne sert que lui, le logos (le savoir) est mal assuré tant les sciences semblent s'être détachées de l'humanisme, l'ethos (la morale) a disparu dans le chacun pour soi. Sous la surface pourtant, le monde a commencé à retourner dans le bon sens. Des transformations radicales sont engagées pour redonner un sens aimable au progrès. Il faut aujourd'hui « accélérer ». Les moyens sont là, le capitalisme va s'amender en mieux, la société va recoller ses morceaux en plus juste, la démocratie retrouver son crédit et son attrait, les États vont considérer les individus comme adultes et responsables, les opinions vont revenir à la raison. Commencera une nouvelle Renaissance. Il faut juste, pour qu'elle advienne, que tous les esprits et les cœurs commencent à y croire et y mettent toute leur énergie.

CONCLUSION

Le XXIe siècle sera ce que les jeunes digitaux natifs en feront. Leurs parents, nés avant Google, quelle que soit leur habileté, n'en auront jamais l'ADN, ils ne sauront pas inventer les solutions du monde neuf technologique et émotionnel. La révolution numérique n'est pas technique, elle est civilisationnelle.

Les jeunes sont alarmés par l'état de la planète. Le « How dare you » de Greta Thunberg invective les baby-boomers pour leur inaction contre le réchauffement climatique. Elle n'a pas tort même si la situation laissée par cette génération mérite un jugement beaucoup plus modéré. Baisse de la faim, de la misère, progrès de la santé, de la scolarisation, de l'accès à l'eau, les Objectifs du Millénaire de l'ONU montrent que l'humanité va beaucoup mieux qu'il y a cinquante ans. Sans compter la disparition des grandes guerres et de la violence mondiale globale, résultat qui ne doit rien à la chance mais à un choix viscéral de cette classe d'âge pour la paix. On souhaite à ceux qui vont prendre les rênes autant d'avancées.

Mais il est vrai que depuis vingt ans, on assiste à la fin de l'amélioration constante et, pis, à une dégradation. Le progrès est en panne. Y compris pour certains des Objectifs de l'ONU. La cause en est très claire : les boomers n'ont pas réformé radicalement un capitalisme dévoyé, ils ont été paralysés par la peur des soulèvements sociaux et politiques, ils ont cédé, sous la pression populiste, à la mauvaise solution du repli. L'inaction sur le climat vient directement de la peur sociale et de l'égoïsme nationaliste. Il en résulte un dramatique décrochage de la jeunesse vis-à-vis du modèle démocratique et capitaliste, son impatience.

Il revient à la génération encore au pouvoir de faire les transformations radicales, économiques et politiques, nécessaires. Mais il est un terrain sur lequel les jeunes sont seuls à pouvoir agir. Ils doivent prendre en main Internet, les plateformes, les réseaux sociaux, pour arrêter leur dérive, pour les humaniser. Ils doivent le faire à la mode occidentale, sans miser sur l'interdiction et la censure, mais sur la liberté et la responsabilité. Ces technologies qui occupent une place désormais centrale dans toutes les activités humaines, jouent un rôle devenu alarmant dans l'éducation, la culture, l'information, en clair dans la construction des esprits. Le meilleur et le pire se côtoient sur Internet dans une proportion qui n'évolue pas bien. C'est aux jeunes qu'il revient d'édifier leurs propres Trente Glorieuses pour ramener cette technologie à la raison grecque. Pour que demeurent la prudence, la justice, la tempérance et le courage, tout ce qui forge l'esprit critique, l'honnête homme et son optimisme.

TABLE

Cet ouvrage a été imprimé par
CPI Firmin-Didot au Mesnil-sur-l'Estrée
pour le compte des Éditions Grasset
en janvier 2022.

Composition et mise en pages
Nord Compo à Villeneuve-d'Ascq

N° d'édition : 22308 – N° d'impression : 167329
Dépôt légal : février 2022
Imprimé en France